11010231

11010231

プロローグ――歌うことが好き

キミは波間を漂っている。

まるでなにかの巡礼者みたいにボロ切れ一枚で体を包み、
溢れ出しそうに波打つライムグリーンの海を漂っている。
自分がどこから来てどこへ流れていくのか、キミにはなにも分からない。
なにも思い出せない。

そこで先行きについて考えることはやめにして、キミは歌を歌うことにした。
頭に浮かぶ旋律を鎖のようにつなぎ合わせ、思うままに口ずさむ。
どうして突然そんなことをしようと思ったのか、それはキミ自身にも分からない。
ただある種の諦観《ていかん》をもって歌わせるなにかがキミの中にある。

子供が誤って飲み込んでしまった洋服のボタンみたいに、

そのなにかはキミの胸の内に留まっている。

強い自己主張こそしないものの、確かにそこにある。

そうして歌いながらキミは思う。

――私はきっとなにかに挫《くじ》けたんだ。それがなんなのか、もう思い出せないけれど。

優等生のウル

意識が急速に回復していく。

ゆっくり目を開けると、板張りの床に投げ出された誰かの素足が見えた。

誰か……じゃない。

私だ。これ、私の両足だ。

伸ばした足の先には丸テーブルと椅子が三脚。

その奥にはオリーブ色の冷蔵庫。隣にはシンクと蛇口が見える。

蛇口からは一定のリズムで水滴が落ちている。大型動物の鼓動みたいな速度。

ここ、キッチン？

見覚えのない場所。誰かの生活の形跡。

「う…………げはー」

立ち上がった瞬間ものすごい目眩《めまい》がして、最低な声が漏れ出てしまった。

顔をしかめながら改めてあたりの様子を確認する。

お世辞にも整理されているとは言えない。

テーブルの上には少し傷んだ果物と空《から》の瓶がいくつか置かれている。

キッチンの奥に別の部屋があって、そこには書籍やレコードや衣類なんかが散乱していた。

けれどそれ以上に私の目を引いたのは壁にかけられている人形の腕——だった。

本物の人間の腕じゃないことは一目見て分かった。

それが剝《む》き出しの金属で形作られていたからだ。

そんなものがいくつも並べてかけられている。どれも似ているようで形やデザインが少しずつ違う。

奇妙で珍妙だ。アートというかオブジェというか、ほとんどそんな感じ。

「ここ……どこ……？」

知らない家。知らない腕。

キッチンにはもう一つ別の小豆色のドアがついていて、それはわずかに半開きになっていた。その隙間《すきま》から新鮮な空気が入り込んできている。

私はなんとか状況を把握しようと、ドアを開けて恐る恐る外へ出てみた。

わ。眩《まぶ》しい。

青空。少し高めの湿度。

足元は石畳だ。

継ぎ目のあちこちから濃い緑の草が葉を覗かせていて、そのところどころに澄んだ水溜まりができている。少し前まで雨でも降っていたんだろう。

それからすぐそばにはヘンテコな塔が立っていた。

それは色んな材質の資材をつなぎ合わせて組み上げられた、灯台のオバケみたいな見た目をしていた。つぎはぎの梯子《はしご》が上に延びている。

てっぺんまでどれくらいの高さがあるんだろう。

ぱっと見二十メートル近くはありそうだ。

さらに近づいてよく見てみると、梯子の足場に真新しい足跡がついていた。濡れたような跡。

誰かが濡れた草むらを歩いて、その足で梯子を登っていったんだ。

つまりこの塔の上には今、その誰かがいる可能性が高い。

うん。起き抜けにしては我ながらなかなか冴えた読みじゃないか。

私は恐る恐る梯子に足をかけて塔を登った。

こうして庭先に立っているなら、この塔はそこの家の家主のものだろう。それなら上にいるのもその家主なのでは？

途中で下を見てその高さに後悔したけれど、ちょっとした収穫もあった。

「わはっ……」

ため息が漏れる。

高いところに登ったおかげで一気に視界が開け、周囲の地形が見渡せるようになった。

風。少しだけ塩辛いのが頰《ほお》にぶつかる。

唯一身にまとっている亜麻色の汚れたボロ切れが弄《もてあそ》ばれて、気を抜くと体ごと飛ばされてしまいそうだった。

右手には水平線が広がっている。ライムグリーンの海原《うなばら》だ。

左手には密集した街並み。

整然とは程遠い、雑多な光景。

「うぎぎ……」

ようやくてっぺんに辿《たど》り着いたときには私の腕と足は悲鳴を上げていた。

塔の頂上はこれといって素晴らしいものがあるわけじゃなかった。半径二メートル弱の円形のスペースに赤茶けた一人がけのソファ（どうやって持ってきたんだろう？）が一つ。そしてその上に文庫本が一冊。それだけ。

いや、違う。

ソファの向こうに鉄骨が突き出している。まるで水泳の飛び込み台みたいに。

その細い鉄骨の上に女の子が立っていた。こっちに背を向けている。

びゅお
一塊の風が吹き抜け、女の子の長い髪が動物のたてがみみたいにフワッと広がった。

思わず瞬《まばた》きをした次の瞬間、女の子はそこから飛び降りた。

「ちょ……！　落ちっ！」

バランスを崩《くず》した？　事故？　それとも――。

私は咄嗟《とっさ》にソファを飛び越えて鉄骨に身を乗り出した。

右手を伸ばす。

なんとか相手の左手を摑《つか》んだ。

確かな重み。腕が軋《きし》む。

女の子がこっちを見上げる。目と目が合う。驚いたような顔。

やっぱり、私の知らない子だ。

「アンタ……なにやってんの？」

そして知らない声。

「なにって……な……なんですかこの状況⁉」

こっちが聞きたい。

「とと、とりあえず早まるのはやめた方がいい……のではないかと……！　自殺なんて！　その……」

「はあ？　自殺ぅ？」

二人分の重みを想定していないのか、ガクンと足場の鉄骨が揺れる。

「ああ、ごめんなさい！　よ、余計なお世話でしたよね……！　誰だっていろいろありますもんね！

死にたい日だってありますよね！　でもつい摑んじゃいました……ので！　こここ、ここはいったん仕切り直しということで、ひとつ……！」

「余計なお世話」

後で思い返すと、そのときの私は突然の危機的状況にパニックに陥っていたとしか思えない。

思いつく言葉をなんの精査もせずしゃべりまくっていたのだから。

「ええ、ええ！　それはもう本当に！　分かります！　世界を憎んだかのようなあなたのその目！　さぞかし辛い思いと闇を抱えて……あ！」

だからなのか、まだ説得の途中だったのに女の子は鋭いその眼をカッと見開いて私の手を振り払った。

女の子は重力に引かれて真っ逆さまに落ちていく。

見る見る小さくなっていく。

「う……」

そんな状態の最中だというのに――彼女はまっすぐ私を見上げたままこう叫んだ。

「うっせぇわ！」

「へ？」

「この目は！　生まれつきだ！」

直後、女の子の体は大地に叩《たた》きつけられた。

そのときの無情な、乾いた音といったら！

私は全身から血の気が引くのを感じた。

遥《はる》か下でうつぶせのまま、女の子はピクリとも動かない。当たり前だ。ここはどう贔屓目《ひいきめ》に見ても助かりようのない高さだし、助かりようのない落ち方だった。

「お…………落ちた……。死んじゃった！」

言葉にするとずいぶんバカみたいに聞こえるけれど、他に叫びようもない。この手にはまださっきまで掴んでいたあの子の手の感触が残っている。

「そんなのって！」

震える手足に力を入れて急ぎ梯子を降り、女の子に駆け寄った。

「なんでですか……なんでなんですかっ！」

怒りとも悲しみともつかない感情のまま、相手の体に手を伸ばす。

「騒がないでってば」

「ぎぃゃあ！」

返事をされて、心臓が止まるかと思った。

私は反射的に飛び上がって距離を取り、遅れて腰を抜かした。

女の子がむくりと起き上がる。

そして何事もなかったみたいに洋服の埃《ほこり》を払うと、おもむろに自分の首や腕をくるくる回しだした。

「……え!?　えっ!?　なんでっ!?」

生きてる。動いている。

私は相手の安否どころか自分の両目の心配をしなきゃならなくなった。驚きのあまり目玉がビー玉みたいに地面に転がり落ちていないかどうかを。

「い、生きてる!?」

本人に率直な感想をぶつけると、女の子はさっきと同じような鋭い眼光をこっちに向けて唇を尖《とが》らせた。

「いいか！　目つきのことは二度と言うな！　二度と！」

「え……？　あ……め？　目？」

「ったく、誰の目が闇を抱えてるだって？」

「ご、ごめん……なさぃ」

思わず謝った後で首を振る。

「いやいや！　それよりもですね！　あの、平気……なんですか？　落ちました、よね？」

「見りゃ分かるでしょ。落ちたし、平気だし」

女の子は私に向けてごく簡易的なカーテシーをして見せた。上流階級のお嬢様がスカートをつまんで軽くしゃがむ、あれだ。ふざけているのか真面目なのかよく分からない。

「じょ……丈夫なんですね」

そういう問題だろうか。

「なにか勘違いしてるみたいだけど、私は耐久性を調べるために落下テストしてただけ」

「耐久性？　テスト？」

「そこから落ちたでしょ？　もともと見張り台として造ったんだけど、今じゃ天気のいい日の読書かテストでしか使ってない」

「見張り台……ですか」

話についていけない。というか、目覚めてからここまでなにもかもちんぷんかんぷんだ。

「とにかく、そういうわけだから助けなんてまったく全然必要なかったわけ」

よく分からないけれど、自分が本当に余計なお世話を焼いてしまったことだけは理解できた。遅れて恥ずかしくなってくる。

「そっちこそ、どっか壊れたりしてないの？」

「だ、だだ、だい……じょーぶです！　ちょっと一緒にあそこから落ちかけましたけど、どこも……」

「いや、そのことじゃなくて。アンタ、ボロボロの状態で浜に流れ着いてたから」

「……なんの話ですか？」

「アンタを拾ったときの話」

「……私を？　そうなんですか？」

浜──。

ああ、言われてみれば私は波間を漂っていたような。

「あれ、夢じゃなかったんだ」

「とりあえず、無事に目を覚ましてよかった」

そう言われて私は自分が出てきた家を振り返り、それからもう一度目の前の女の子のことを見た。

「それじゃ、やっぱりあなたが」

「うん。そこ、私の家。で、起きたらまずこれを訊《き》こうと思ってた。アンタ、どこから来たの？」

問われて、愕然《がくぜん》とした。

「わ……」

分からない。思い出せない。

私が誰で、どこから来て、どうしてここにいるのか。

「え？　まさか……なにも思い出せないの？　名前も……？」

「の、ようです……」

消え入りそうな声で答えると彼女は額に手を当てて天を仰ぎ見た。

「厄介《やっかい》なもの拾っちゃったなあ」

「ご迷惑をおかけします……」

「きっとなにかのショックで記憶《メモリ》を一部ロストしちゃったんだ。言葉は……話せるみたいだけど……ちなみにここがどこだか分かる？」

「……はて……さて」

「うん。果てには違いない。空に浮かんでるあの眩しいのは？」

「……た、たいよう？」

「猫の脚の本数は？」

「……四本？」

「それだけ理性的に会話ができるなら充分。私が誰か分かる？」

「ご……ごめんなさい」

「知らなくてとーぜん。そもそも名乗ってもないし。私はウル」

彼女はあっさりと名乗った。

私を拾ったウル。

眼光は鋭いけれど、彼女はとてもきれいな青い瞳の持ち主だった。

＊

ウルは部屋に戻るなり椅子に腰かけ、自分の肩や頭についた土と埃を手で払った。その動作には、ここは間違いなく自分の家なんだという感じが存分に込められていた。

「改めておはよう。それから初めまして」

窓からの日差しがウルを照らす。彼女の髪は日の光に当たると群青色に見えた。

「昨日の話。浜辺でアンタを見つけてここまで運んできたの。頑張ったのよ、ホントにね。運ぶ途中で疲れて、最終的には引きずっちゃったけど」

「……ありが……とう」

「余計なお世話だった？」

私の反応を敏感に感じ取ってウルはわずかに眉をひそめた。

「いや、そんなことはなく！　その……どうしても気になって、ですね」

「なにが？」

私はまじまじとウルの体を見つめた。

「なんで生きてるんですか？」

「アンタ、見かけによらずものすごい暴言を吐《は》くのね」

「そ、そうじゃなくてですね！　だって、あんな高いところから落ちたのに……」

「だから大丈夫だってば。耐久テストって言ったでしょ」

そんな当たり前みたいな顔で言われても。

「そのテストというのがよく分からないんですが」

「今朝あちこちメンテしたばかりだったの。で、手っ取り早く出来栄えを確かめようと思って。で、実際なんの問題もなかった。どこも壊れてないでしょ？」

「壊れてって……」

私はウルのやけに謎めいた言い回しの数々にだんだん腹が立ってきた。

「いや……あのですねぇ！」

「急に大きな声出さないで」

「メンテとかテストとか壊れてないとか、さっきから言ってることがよく分かりません！　なんですか？　あなた……ウルさん、ロボットかなにかですか？　違うでしょ？　人間ですよね？」

「人間じゃないけど？」

「そうですよね！　人間ですよね？　え？」

「え？」

私達はしばしお互いの顔を見つめ合ったまま固まった。

「アンタまさか気づいてなかったの？　え、そんなことある？　普通分かるでしょ。同じロイドなら」

「ロイド……？」

「あ、そうか、記憶《メモリ》が飛んじゃってるんだっけ。えー、そ、こ、から説明しなきゃいけないのか」

ウルは鋭い目をさらに細めて「うがー」と可愛《かわい》らしく唸《うな》った。

「あの……」

「あのね、ロイドっていうのは要するに歯車仕掛けの生、物、のことよ。確かに広い意味ではロボットと言えなくもないけど、それ、ずいぶん古い言い回しだよ」

「つ、つまり？」

「だから言ったでしょ。私は人間じゃないって」

「そ、そんな！　信じられるわけ……」

「ああ、もうメンドくさいなあ」

ウルはため息をつくと椅子から立ち上がって私に近づいてくる。そのまま私の手を取って自分の左胸に当てた。

「ヒィ！　なんですかっ！　ハレンチです！」

「どこがよ。そうじゃなくてほらここ、刻んでないでしょ？」

「……え？　あ」

言われてみてようやく気づいた。

気づいて——愕然とした。

鼓動が感じられない。

「うそだ………」

どんなに探ってもウルの胸の奥からはなんの脈動も感じられなかった。

生き物がすべて死滅してしまった、古い泉みたいに静まり返っている。

「心臓……動いてないんですが」

「だからそうなんだってば」

「そ………」

黙り込む私を見てウルは「これでもまだ疑う？」と言って、私の目の前で口を大きく開けてみせた。

あらわになった彼女の口の奥にいくつかの精密な歯車《ギア》が見えた。

それは規則正しい速度で駆動し、互いに力を伝え合っていた。

「人間じゃない……」

人間にしか見えない。けれど、人間じゃない。

もう認めざるを得なかった。

うそじゃない。

ウルはうそをついてない。

鼓動はうそをつかない。

壁に背を預けていないとその場に腰を抜かしてしまいそうだ。

「なんかずいぶんショック受けちゃってるみたいだけど、そういうアンタだって私と同じなんだからね」

「同じ……って、いやいやいやいや！　私は人間ですよ！　あたしゃ人間です！」

「動揺するのも無理ないけど、そこは受け入れて。昨日この目で見たから」

「見たって……いやらしい！」

「バカなの!?　誰が修理してあげたと思ってるのよ！」

「修理……？」

ウルはムスッとした顔で私の右腕を指差す。

「その腕。流れ着いたときにはすっかり千切《ちぎ》れてなくなってたのよ。それを私が新しくつけ直してあげたんだから」

「え!?」

言われて思わず自分の右腕を見る。

けれどどんなにマジマジ見てもそれが新しい腕だという実感は湧《わ》かなかった。

それは違和感なくそこにあった。頭で思った通りにも動かせる。

「さっき見張り台の上で私をキャッチしたのってそっちの腕よね？」

「……だったと……思いますが」

「なら私の修理は完璧だったたってことね」

　ウルは満足そうにうなずく。

「は……はあ」

「残ったそっちの左腕を参考にして一番規格の近いモデルをくっつけたのよ。大体元通りになってるでしょ。感謝してよね」

　そう言われても、もともとの自分の右腕がどんなふうだったかなんて、記憶を失った私に分かるはずもなかった。

「別に頭や胸をパカッと割って調べまわしたわけじゃないから安心して。そこまでする義理もないし」

　だから全然やらしくないからね——とウルは変なところを念押ししてくる。

「そういうわけでアンタもロイド。オーケー？」

「そんな無茶な！　だってだって！　この通り私にはアナタと違ってちゃんと鼓動が……！」

　自信を持って自分の左胸に手を当てる。

　そこには確かな鼓動が……。

「あ……あれ？　あれぇ？」

　ない。

　鼓動が——。

　心臓が動いてない。

「ない！　止まってる！」

　私は両手で自分の体を弄《まさぐ》った。

右胸、左胸、腹部、それから念のため頭も。

「そんなとこに人間の心臓はないでしょ」

「冷静に言わないでください！　こっちはそれどころじゃないんです！」

けれどどんなに調べてもやっぱり鼓動は見つからなかった。

繰り返しになるけれど、鼓動はうそをつかない。

「こんなのひどい！」

私はバンバンと両手でテーブルを叩いて抗議した。なにがどうひどいのか。誰に向かっての抗議なのか、自分でも分かっていない。

「ああ……そっか。私死んじゃったんだ……。きっとそうなんだ。幽霊……あの世……天国…………いや地獄？」

「ちゃんと元気に活動してるじゃない」

「人は心臓が止まったら死ぬの！　そういう決まりなんです！」

「そうなの？　まあとりあえず座ってなにか食べれば？　アドはこっちの椅子ね。こういうの、摂取できる？」

私の心境なんて無視してウルがテーブルのパンを指す。

「……ロボットなのにご飯食べるの？」

半泣きで尋ねるとウルは「当たり前」と言った。

「食べなきゃ動けない。動けなきゃ働けない」

そういうものなんだ。

「で、どうする？　目玉焼き、焼く？」

私は自分の鼓動を探すことを諦めて天井を仰いだ。

「……二個お願いします」

「案外いい根性してるね」

ゴソゴソと席につく。

それからようやくさっきウルの言った言葉に気づいた。

「……ところでアドって？」

「ん？」

「さっき、私のこと」

「うん。アンタの名前。なにかないと不便でしょ」

「なんでアド？」

アンドロイドのアド？

「背中にそう書いてあったから」

「背中？」

思わず自分の背中を覗き込もうとして、私はその場で三回ほど回転した。

「鏡ならあっち」

洗面台のある部屋に駆け込むと、私はまとっていたボロ切れをたくし上げて鏡で背中を確かめてみた。

確かになにか書いてある。赤い文字で皮膚に直接印字したみたいに。

それは刺青《いれずみ》とは違う。それはもっとなにか、工業製品的な刻印に近かった。

A.D.O ▨▨▨

残念ながらほとんどの文字は掠《かす》れてしまっていて解読不能だった。ウルが読み取ったのはその中の一部にすぎない。

日に焼けて色が飛んでしまったか、海を漂ううちになにかにぶつかって削り取られてしまったのかもしれない。

兎《と》にも角《かく》にも、アド。

それが現在の私の名称だというならそれを受け入れるしかない。他に候補なんてないのだから。

「……あれ？」

そのまま改めて鏡に映った自分を観察してみる。

そもそも私ってこんな姿形、顔をしていたんだっけ？

右腕のときと同じだ。正しい、本来の自分の顔も形も思い出せない。

鏡に映るアドという個体はどこか他人のように思えた。

なにが気に入らないのか、不必要に眉をひそめてこっちを見つめている。への字口も手伝ってどことなく陰気でひねくれ者という感じ。

なるほど。私の体《ボディ》としては相応《ふさわ》しいのかも。

そんなことを思いながら自分を観察していると、左の脇腹のあたりに小さな痣《あざ》が浮かび上がっていることに気づいた。

くすんだ灰色の花びらか、魚のうろこでも張りついているみたいな、些細《ささい》な痣。

触れてみても痛みはない。

これ、もともとついてたものだっけ？

それも定かじゃない。けれど、それはなんだか場違いで、本来そこにあってはいけないもののように思えた。

「そうそう、そのボロ切れ、脱いじゃって」

「ひー！」

そこで突然ウルがドアを開けて洗面所を覗いてきた。

咄嗟に痣を隠し、抗議の視線を送る。でも気合を入れた私のそれより通常時のウルの目の方が遥かに鋭いので簡単に押し負けてしまった。

「後で私の服貸してあげるから」

それだけ言うと彼女はまたキッチンの方へ戻っていった。

それから少しすると向こうから卵の焼けるいい匂いが漂い始めた。

異端のメイ

私は人間だ。

人間のはずだ。

ほとんどの記憶という記憶を失っているけれど、それでも私の中には人として生きてきたという確かな実感がある。

親がいて、生活があって……友達こそいなかったけど学校にも通っていたはず。

でもどういう服を着てどういうことに笑って、どんな顔の人達に囲まれて生きていたのか、そういうものが具体的にはちっとも思い描けない。

どこから来てどこへ帰ればいいのか――それも思い出せない。


「仲間に紹介しといてあげるよ。近くに一人住んでるの」

食事の後、ウルは私を外へ連れ出した。

ウルの家は改めて見ると入り江の断崖にしがみつくようにして建てられていて、立地としてはスリリングな物件だった。赤い屋根と大きな窓が特徴的だ。

「紹介って……あの……私まだちっとも心の整理というものが…………他にも人がいるんですか？」

「そりゃいるよ。ロイド連中がね。気のいいのも悪いのも」

人間は？

とは聞けなかった。

とにかく状況は私の心の整理なんて待ってはくれず、どんどん進行していく。

さっきの見張り台を通り過ぎて海沿いの細いレンガ道を歩く。

ウルに着せてもらった洋服は厚手のワンピースで、深い紺色をしている。靴は軍人さんが履きそうなゴツいブーツ。お世辞にも可愛いとは言えないコーディネートだったけれど、動きやすさはピカイチだった。

道の両脇には記録に挑戦しているとしか思えないような、異様な長さのバラックが続いている。どれも三階から五階の高さがあって、積木の家みたいだ。

あちこちのベランダに干された洗濯物が、吹き抜ける海風の形を教えるようにはためいている。

「このあたりは入居者が増えるたびにどんどん増築が繰り返されてるんだ。もうこれ以上は無理だろう——そう思ってもしばらくするとその上にもう一つ部屋ができあがってる。どうにかして造り足してるみたい。絶妙なバランスよね。こんにちはばあさん。関節の具合はどう？」

ウルはバラックから顔を出した老婆に軽く声をかける。

「ちゃんと油注《さ》してる？　え？　今度は多脚にしたいって？　そりゃバランスはよくなるけど体重増えるよ？」

流れるように会話しながら足を止めることなく通り過ぎていく。

私は彼女の後を追いながら、右手に広がる海を眺めた。

建物の隙間を横切る混じりっけのない、い、い、い見事な水平線。

「もしかしてここって……どこかの島なの？」

「そうよ。ここはエルゥエル島」

「える……」

「人間が勝手につけた名前だけどね」

「あの……違ってたらごめんなさい。もしかしてさっきすれ違ったおばあさんも？」

「もちろんロイド」

ああ、やっぱり。

会話の内容からそんな気はしていた。

　でもだんだん驚かなくなってきた。人は成長するものだ。

「ここはロイド達だけが暮らす島なのよ」

「……それじゃ人間はどこにいるの？」

「もちろん世界のあちこちにいるわよ。この世界はね、人間でひしめいてるの。神様は最初に人間を創った。そしてずいぶん遅れてロイドを創った」

　ウルの言葉はリズミカルだ。

「そうなんだ……」

「厳密に言えば、ロイドが生まれる前に入れ物としての存在、オートロイドがあった」

「ロイドとどう違うの？」

「心を持っているかいないか」

　不用意な私の質問に彼女はとてもシンプルかつ強い答えを返してきた。

「心……ですか」

「オートロイドに心はない。そもそもオートロイドは人間が製造《つく》った人型ロボットなの。主に労働用。道に落ちたガム剝がしから炭鉱での爆破、原子炉の清掃から惑星探索まで、プログラムに従ってなんでもやる。原初の歯車《コア》で動いてる。正しくは原初の歯車が生み出す『心』で動いてるのよ」

「原初の歯車？」

「まだ解明されてないテクノロジー。神の御業《みわざ》だって言われてる」

神様。

「二百年くらい前の話、古い地層から未知の機械部品が発見されたの。それで世界は大きく変わった」

「機械の化石……みたいな？」

「オーパーツって呼んでもいいけど、まあそんなところ。年代を調べてみたら少なくとも二億年近く前の代物だった」

「それが原初の歯車？」

「そう。それはそれまでの常識を根底から覆す脅威の発見だった。人の手じゃ到底造り出せないまったく別次元の機構。当時の人間達は原初の歯車をこぞって研究、解析した。稀《まれ》に見る勤勉さでね。それもそのはず、それを既存のオートロイドに組み込めば性能を何世代も飛び越えて向上させることができると分かったから」

ウルは相変わらず私の前をスタスタと歩き、立ち止まらない。

「そうして原初の歯車発見から数十年後、ようやく原初の歯車のレプリカを組み込んだ最初のオートロイドが生み出された。私達はその子孫ってわけ」

なんだかとんでもなく壮大な話を聞かされている。

「そんな経緯があるものだから、人間達はオートロイドのことならなんでも分かってるつもりになってたし、制御できると思ってた。傲慢な父親みたいにね。でも実際は違った。今から大体六十年くらい前かな、当時の第八世代以降のオートロイドのごく一部に、あるときから意志とか精神、つまり心みたいなものが宿り始めていたことが判明して、世界中が混乱した。恐怖もした」

ウルは手でハートマークをこしらえてみせる。

「堅苦しい言い方をすれば、魂ね」

話の内容をまったく度外視すれば、その仕草はかなり可愛らしいものだった。

「心の発生は人の意図したことじゃなかった。原初の歯車が要因らしいことは分かったみたいだけど、結局理由も仕組みもまだ解明されてない」

　だから神の御業ということになっているんだと彼女は言う。

「でも人間達は自分達が造った人形にそんなものが発生しちゃったことを認めたがらなかった。それで心《ハート》仕掛けのオートロイドのことをロイドと呼んで忌避《きひ》した」

　さっき言っていた呼び名だ。

「それでどうしてロイド……？」

「自由意志のある心を実装してオート《自動》じゃなくなったから」

　皮肉を込めた口調。

「それが私であり、この島に住むロイド達なの。そして見る限り、アンタもね」

　ウルはそう言って自分自身を、それから私のことを指差した。

　私も――。

「言うまでもなく心を持ったロイドと人間とは折り合いが悪い。かなり悪い。人間社会の中のあらゆる場面でロイドは制約を受けたし、差別も暴力も受けてきた。ロイドってまだ何千体に一体の割合でしか生まれない、バグみたいな存在だから数の力には勝てなかった。そもそも民主主義の範疇《はんちゅう》に入れてももらえてないんだけど」

　これはかなり重い話……なんだろうけれど、ウルの口調がその重みをかなり軽減させていた。

「だからね、ここに住むなら冗談でもさっきみたいに自分のこと人間だとか言うの、やめておきなさいよ。まともなロイドは人間のことを嫌ってるんだから」

　それは今のうちに知っておけてよかった。

「ところで、ここに住むならって……私、ここに住むの？」

「いろいろ事情があって私達はこの島の外には出ていけないのよ。特別な許可をもらった船以外は。大体アンタ、島の外になにかあてでもあるの？」

「……ない、かなあ」

私の頭の中の地図は白紙同然で、せいぜい地図の真ん中に『ウル』と書いてあるだけだ。

「ならやっぱりここで暮らすことを考えなきゃね」

通りすがりに猫の群れを見た。そのうち二匹は妊娠していて、一匹は前脚のちょん切れた三本脚だった。

「落ち着くまでは家《うち》にいたらいいよ」

「え？　泊めてくれるの？」

「なんにも覚えてない子をいきなり放り出すわけにもいかないじゃない。部屋は余ってるし。なに？不服？」

「いや……不服というか、意外で。だって出会って早々に怒らせちゃったし、てっきり私のこと嫌ってるのかと」

「はあ？」

「だって……すごい目で睨《にら》んでくるし。ずっと……」

「だからこれは生まれつきなの！　勘弁してよ。ただでさえみんなからからかわれてるのに」

「それじゃ……全然怒ってるわけでは？」

恐る恐る確認すると、ウルは少しだけ恥ずかしそうにそっぽを向いて足元に転がっていた子供用のボールを蹴った。

「……これでも精一杯ウェルカムな顔作ってるんだけど？」

ボールは見事な放物線を描いて飛んでいく。

思わず目で追ってしまう。

すると、なんとボールは斜め先の家の細い煙突の先端にスポンとハマってしまった。

「わっ。すごい」

狙ったの？　という意味を込めて隣のウルを見ると、彼女もずいぶん驚いたような顔でボールの方を見ていた。

私とよく似た、ポカンとした表情。

「き、奇跡！」

遅れて思わず声が出た。

「だとしたらもんのすごくくだらないとこで使っちゃったんだけど……」

そのウルの表情と言葉に、私は思わず噴き出してしまった。

本当にくだらないことだったけれど、私はそれでウルのことが怖くなくなった。

「ウル」

「いや、だから偶然だし」

「そうじゃなくて、お家。お世話になります」

「ああ……うん」

おかげで彼女からの提案を素直に受けることができた。

「住むところはそれでいいとして、落ち着いたらまずはなにか仕事を見つけないとね」

「仕事？　私の？」

「そう、仕事。エルゥエルじゃ誰でもなにか一つ仕事を持ってる。なにもしないで暮らしてるロイドなんていないよ。動ける限りは毎日なんらかの成果を出す。それは私達ロイドの本能みたいなものだから」

それに――とウルは皮肉めいた微笑《ほほえ》みを浮かべる。

「体を動かさないと錆《さ》びつくばかりだし」

「仕事……かぁ。私にできることなんてあるのかな」

心底そう思う。

世界が私を必要とすることなんてあるだろうか？

胸を張って社会に参加できるような資質が私にあるだろうか？

考えている途中でふとバラックの向こうの異様な建物が目についた。

山脈のようにそびえ立つ建造物。

それは島の中央あたりに陣取っていて、他の建物に比べてずっと近代的で背が高い。

「大きい……。ウル、あれは？」

「ああ、人間達が建てた怪しい建物。私達は『塔』って呼んでる。なんのためにあるんだか知らないけどほっときなさい。用はないから」

「でも」

「目的地はこっち。着いたよ」

そう言ってウルが足を止めたのは古びた青い外壁のマンションだった。

はっきり言ってかなり荒れた――というか、雑然とした雰囲気の建物だ。

ウルはためらいもなくそこに足を踏み入れる。

歴史を感じる正方形の螺旋《らせん》階段を上る。

途中で色んな人とすれ違った。

座り込んで一心に靴を磨く女の人。

風船ガムを取り合う少年達。

一定の音量とリズムをキープする不可解な音楽に合わせてダンスを踊る集団。

階段の手すりをスケボーで滑り降りていく少年。

誰かが口笛を吹いた。

思わず反応して振り返る。笑い声が上がった。

新入りのアドは好奇の目をもって見物されているらしい。

この子達もみんな機械……ううん、歯車仕掛け《オートロイド》なんだ。

誰も鼓動を持っていない。人とは別の存在。


最上階まで上ってきたとき、ウルが顔をしかめた。

廊下の先を見ると廊下の最奥《さいおう》に子供達がたむろしている。

「アンタ達どうしたの？」

ウルが子供達に歩み寄っていく。

「あ、ウルだ！　こえー」

「こえくないでしょ。訂正しろ」

私はどうしていいか分からず、彼女の背中に隠れていた。

「ここ、ゴドの部屋じゃなかったっけ？」

野球帽を被った十歳くらいの少年が一つのドアを指差す。

「うん。ゴドおじさん、もう何日も部屋から出てこないんだ」

続けて同い年くらいのおかっぱ頭の女の子がウルの袖を引っ張る。

「でねでね、今朝からずっと変な音がするの」

「……それ、どんな音？」

その話を聞いた直後、ウルの声が一段低くなった。

覗き込むと、その表情はさっきまでと打って変わって鋭いものになっていた。

「えっとね、ザリザリって鳴ってるの」

「……そう。分かった。ゴドには私から話しとく。歯軋りがうるさいぞってね。アンタ達は外へ行って遊んでなさい」

「あの、ウル？　なにごと……？　紹介したい仲間ってその人？　緊張する……」

そう言って後ろから覗き込むと、ウルの顔は真剣だった。

「アドもちょっと下がってて」

そのとき、ドアの向こうからそれは聞こえてきた。

ザリ

私にも分かるほど確かな音だ。

「ウル。今の、なんの音――」

ガゴオン！

私の質問は目の前のドアと一緒に吹き飛ばされた。

風圧で廊下に捨てられていた古い雑誌の紙切れや埃が宙に舞って、驚いたネズミが私の股の下を駆け抜けていった。

「な、なん……!?」

気づいたときにはスチール製だかなんだか、とにかく硬そうなドアが板ガムみたいにグニャッと折れ曲がって向かいの壁に突き刺さっていた。

部屋の内側からとんでもない力で蹴り破られたみたいだった。

一体なにをどうやったらこんなことに――考える暇もなく、薄暗い部屋の中から茶色い人がヌウッと現れた。

人型をしていることは分かった。でもその全身はザラザラした焦茶色のなにかに覆われていて、それは思わず目を背《そむ》けたくなるような姿だった。

「この人が……さっき話してたゴドとかいう人?」

誰も私の質問には答えてくれなかったけれど、間違いはなさそうだ。

「錆付き《ラスティ》だ!　すっかり錆《さび》に侵食されてる……誰にも気づいてもらえなかったのね」

ウルは子供達をその場から遠ざけながら、どこか悔しそうに言った。

ゴドという名前のロイドがぎこちなく動くたびに、体からザリザリと耳障りな金属音が響く。

彼はわずかに口を動かしてなにか言葉を発しようとしているみたいだったけれど、耳に届くのは「ザリ」というノイズだけだった。

「喉の奥まで錆に侵されてるんだよ」とウルは言った。

「錆……」

なにがなんだか分からなかったけれど、目の前で起きている現象がとてもよくないことだというのは私にも理解できた。

ゴドが前触れもなく腕を振りまわす。金属粉を撒《ま》き散らしながら力まかせに。

錆びついた太い腕が壁に激突してめり込む。

「ぎゃあ！」

かっこ悪い声を上げて私はその場にへたり込んでしまった。力加減なんて無視して暴れまわっている。当たったら絶対タダじゃすまない。

「アド！　ボーッとしすぎ！　もっと離れてて！」

私はその恐ろしい腕の下を転がるようにしてくぐ――る予定だったんだけど、ゴドに片手で軽々とつまみ上げられてしまった。

「は、放してー！」

「だから言ったのに！」

叱られた。泣きそう。

体を軽々と持ち上げられる。数秒後には地面に叩きつけられてペシャンコだろう。

でも、高く持ち上げられたことで、廊下の向こうから誰かがまっすぐこっちへ走ってくるのが見えた。

あれは――？

小気味いい靴音のリズム。

文句のつけようのないきれいなフォーム。

誰？　女の子だ。

なぜか頭にヘルメットを被ってる。

その子が叫ぶ。

「ウル！　どいたどいたー！」

そして助走の勢いを活かして跳躍し、ウルの頭上を飛び越えた。

「メイ！　遅い！　どこ行ってたの！」

「あたしがやる！」

メイと呼ばれた女の子が空中で構えを取る。その手には金属バットが握られていた。

そのまま目一杯の力を込めてバットを振り抜いた。

ギャゴ
聞いたことのない音とともにゴドの頭部は打ち砕かれ、大の字に倒れて動かなくなった。

あっという間のことだった。

「立てるか？」

床に落っこちて悶《もだ》える私にメイが手を差し伸べてくれた。

「ありがと………今の、す、すごい……でも、なんでバット？」

「これから試合なんだー」

圧倒的に今じゃないタイミングで繰り出した私の質問に、メイはまっすぐ答えてくれた。

確かに、メイは全身どこからどう見ても野球のユニフォーム姿だった。

キュッとヘルメットの位置を直す仕草がチャーミングだ。

「……ところでおまえ、見ない顔だけど、誰？」

「ひぃ……ごめんなさい」

「なんで謝んの」

どう説明したものか迷う。

そうだ。とりあえず笑顔だ。友好関係を築かねば。

「うへひ」

「ヘンな笑い方」

「え！」

ショックを受ける私を尻目に、ウルは動かなくなったゴドのかたわらに膝をつく。

彼女はポケットからいくつかの工具――いつも持ち歩いてるのかな？――を取り出してゴドの胸の真ん中を開いた。

間違いなく人間のそれとは違う内部構造があらわになって、私は思わず自分の顔を両手で覆った。

「なにやってるの？　その人……もう死ん……」

問いかける間にウルは開いた部分からなにかを抜き取った。それは複雑な形の貝殻のようにも見える、不思議な部品だった。

「完全に停止《と》めるにはああして原初の歯車《コア》を抜き取らなきゃなんないんだ。で、それは大抵ウルの仕事」

「あれが原初の……」

一連の作業を終えると、ウルは最後にゴドの胸元にそっと手を置いてこう言った。

「終わったよゴド。また次の機械に会おうね」

*

ロイドの野球少年が精一杯にバットを振る。

バットはボールを捉えた。

でも残念。素人目に見ても凡打だ。

「ちゃんと走れー！　最後まで！」

早くも諦めて足を止めかけた少年に、メイがベンチから活を入れる。

ゴドの一件が落ち着いた後、私達は近くの球場に移動していた。

球場とは言ってもそこにはなんの設備もない。単なる広場をそう呼んでいるだけだという。

球場では球場らしく野球の試合が行われている。

9対0と一方的な展開だ。

「紹介したかったのはこの子。メイ」

今更だけど、とウルはメイのことを紹介してくれた。

メイは普段コーチとしてロイドの子供達の野球を見てあげているという。

それが彼女の仕事。

「それでこっちは漂着物《ドリフティジ》のアド」

「ふうん。アド、ね」

アド。そうだ。それが私の名前。さっきもらったばかりの。

「浜に流れ着いてたのを私が拾った」

「あのねウル、人を流木みたいに」

「ほぼ一緒」

まあ、確かに。

「そういうわけだからメイ、よろしくしてあげてね」

「まだ少し魚臭くね？」

メイは私の髪に鼻を近づけて言う。

「そんな!?」

自分でも髪や腕を嗅《か》いで確かめてみる。

そんな私にメイが「うそだし」と言い、ウルが「プハッ」と笑った。

バッティングの乾いた音が響き、歓声が上がる。

いつの間にか攻守が代わっていて、メイのチームはまた追加点を取られていた。

「審判！　今のアウトだろ！」

たまらずメイが叫ぶ。

「あの……さっきの人……なんだけど」

私はタイミングを計ってウルにゴドのことを切り出してみた。

我慢しようとは思った。でもこのまま何事もなかったみたいに試合を応援する気にはなれなかった。

ウルは「錆付き《ラスティ》の末路だよ」と短く答える。

「ラス……？」

「ここ何年かで広まってきた流行病。それも、ロイドだけが罹《かか》る厄介なヤツ。錆に捕まる病気」

「それって機械とか鉄につく、あの錆こと？」

「ただの錆じゃないよ」

断定的に答えたのはメイだった。

「身も心も錆びつかせて、別のモノに変異させちゃうんだよ。そんな病に罹ったロイドのことをあたしらは錆付《ラスティ》きって呼んでる」

「…………錆」

「最初はちょっとした痣程度のものから始まって、それがだんだん濃くなって、全身に広がってくんだ」

「痣……」

私は服の上からそっと自分の左の脇腹に触れた。

まさか、ね。

「ゴドみたいに深刻な症状になることは滅多にないんだけどさ、それでもあそこまで侵食されたら理性もなにもなくなっちゃう。さっき見たとーり」

バッターアウト！

審判が声を張り上げる。

「暴れまわって手がつけられなくなる」

「それが――」

ウルが言葉をつなげる。

「人間達がロイドを嫌う理由の一つでもある。いつ暴走するか分からない機械を野放しにはしておけないって。さっきは神様がどうのって話を持ち出したけど、人間一人一人、個人の感情としてはそれが一番の理由かもね」

確かに錆に侵されて暴れていたゴドは……怖かった。

「この病はロイドに神が下した罰だ、呪いだ――なんて意見もある。大人しくロットの中に収まって、既製品の列に並べられていれば錆びつくこともなかったのにって」

「ざっけんな！」

ふいにメイが声を荒らげてウルの話を遮《さえぎ》った。彼女はベンチに浅く腰をかけて愛用のバットを強く握りしめている。

「あたしはやだ。既製品《レディメイド》に収まってプログラム通りに働いていれば幸せ？　そんなのごめんだ。苦しんだって、錆びついたって、最後まで自分で自分を動かしてたい……。とか言って！」

言葉尻だけをなんとか茶化《ちゃか》して、彼女はベンチを立ってグラウンドの方へ歩いていってしまった。

彼女の剣幕に私は少し驚いてしまったけれど、ウルはなんのフォローも入れなかった。ただ「分かってやって」と言うように私に目配せをよこしただけだ。

「その……治《なお》す方法ってないの？」

「今のところ修理す方法はない。だから私達で責任を持って停止《と》めてやるしかないんだ」

「ウル達が？」

「そう。私とメイ。あと何人かの仲間でそういうことを請け負ってる。自警団《ヴィジランテ》として」

「それがウルのこの島でのお仕事？」

エルゥエルでは誰でも一つ仕事を持つ。確かそういう話だった。

「いや、そっちはボランティアみたいなものよ。誰もやりたがらないからね。私の本業は医者」

「お医者さんだったの!?」

「誰がアンタの腕をつけてあげたんだっけ？」

「そっか！　すごい！」

勢いだけで賞賛すると、ウルは「頭の出来が違うので」と胸を張った。

「と言ってもみんなのネジを締め直したり、油漏れを点検したり、壊れたパーツを調達して換装したり。それくらいがせいぜいの町医者だけどね」

「それでもすごいよ」

ウルは居心地悪そうに顔を背ける。

「……すごくない。錆に対してなにもできないでいるんだから」

あ、なにか話題変えなきゃ。なにか——。

「えっと、病で大変みたいだけど、この島を出ていこうと思ったことはないの？」

「さっきも言ったでしょ。私達はここをおいそれと出ていけないの。人間に監視されてるから」

「……閉じ込められてるの？」

「そういうこと」

それを告げるのに、ウルはさしたる悲壮感も漂わせなかった。

でもどうやらこの話題もちょっとデリカシーのない質問だったらしい。後悔が止まらない。

「この島はね、もともとは世界中で居場所をなくして追いやられたロイド達が逃げ込んできた果ての地だったの。いわゆる難民ってヤツね。でも、この島を所有する王国はそれを問題視した。まあ、当然だよね」

「王国って？」

「海の向こうにある王制の古い国。王国は特に私達みたいなのを嫌ってるの。宗教的な理念として、自分達が神様から与えられたかけがえのない魂ってものが機械にも与えられたなんてことを受け入れられなかったのね。それで王国の中央政府はエルゥエル島にロイドが集まったところを見計らって閉じ込めちゃった。厄介なウイルスに感染した患者にそうするみたいに」

それは私にはずいぶん身勝手なことのように聞こえた。ウルの話が本当なら、そもそもオートロイドを製造し、原初の歯車を研究してロイドを誕生させたのは人間なのに。

「あっちにも事情があるんでしょうね。人間はね、自分達によく似たものを造りたがるくせに、あんまり似すぎているとそれはそれで極度に怖がるものなのよ。あ、でもそれは私達の方も同じか」

話を切り上げるみたいにウルもベンチから立ち上がり、メイの隣に並んで立った。

眩《まばゆ》い太陽の光が二人の影を濃く縁取る。

見上げた太陽は私の記憶の中にあるそれとよく似ていた。でも、やっぱりよく見るとわずかにその色や形が違っているように見える。

ここは本当に、私がかつていた何処かとは違う世界なんだ。

そう思い知らされた。

でも、元いた場所の記憶がない私にはそれを具体的に比較することもできない。

「いいお天気……」

こんなふうに遠くの空までよく見える日は、〝哀しいおもちゃ箱〟を開けたような気持ちになる。

その中身がどれほど美しく楽しげでも、私は誰かと一緒に遊ぶことはできない。

世界がどんなに晴れ渡り、美しくそこにあっても、それは私とはまるで関わり合いのない素晴らしさであり、触れられないものなんだ。

私はただ眺めているだけ。

誰ともなにとも同期《リンク》していない。

どんな世界にも登録《エントリー》されていない。

そんな感覚が――ずっとある。

これはきっと前いた世界から持ち越してきた感覚だろうと思う。

「まかせろ！」

メイの声が響いて、私のあてのない思考は断ち切られた。

一方的すぎる試合展開に業を煮やしたのか、いつの間にかメイとウルが子供達に交ざってボールを追いかけ始めていた。審判はいつものことというように呆《あき》れている。

私はベンチの日陰からそれを眺める。眺めているだけだ。

たぶん、私は前の世界でもこうして――。

考え込んでいると、メイと目が合った。

彼女は別段愛想笑いを浮かべるでもなく、かといって怒っているふうでもなく、当たり前に私に向けてこう言った。

「アドも交ざれば？」

「なんでっ⁉」

「驚きすぎでしょ」

「そ、そうですね……」

「で、やるの？」

「い……いやー……へはは」

再び攻守交代。

結局バッターボックスに引っ張り出されて、私は目眩のようなものを覚えた。

野球なんてやったことない。

「脇締めて！　ボールよく見て！」

子供達が無邪気に声援を送ってくる。

「あ、あ、やっぱり無理です！　やだ！　なにこれ！　バットが細すぎます！　帰りたい！」

もちろん、あっという間に三振に倒れた。

醜いラギ

鉄屑《てつくず》、古タイヤ、魚、野菜、洋服、エンジン、ケーブル。

エルゥエルの目抜き通りには無数の露店が連なっていて、常に誰かの威勢のいい声が響いていた。

一方で黒いボロ切れを頭から被った一行が、店の裏手で店主から残り物の野菜を分けてもらったりもしている。

ここには本当に色んなロイドがいるんだ。

ショーウィンドウのガラスに反射する自分を眺める。

うん。やっぱり人間のように見える。

顔を近づけて大きく口を開けてみた。

ウルみたいに喉の奥で歯車が回ってるなんてこともない。確かに心臓の鼓動こそ聞こえないけれど――。

私ってやっぱり人間なんじゃないだろうか？　ウルの見立てはなにかの間違いで。

千切れていた私の腕を新しくくっつけたんだとウルは言っていたけれど、それも自分自身の目で見たわけじゃない。自分の腕を引きちぎって確かめる勇気はないけれど。この皮膚の下に電気的配線やら大小さまざまな歯車が詰まっているとはどうしても思えない。

でもここで私はロイドとして認識され、ウル達に歓迎してもらった。

もし私がやっぱり人間だと分かったら、嫌われてしまうだろうか。

人生初のバッターボックスに立った翌日、私は一人で町へ出て散策していた。

ひとまずウルの家に厄介になることが決まったので、次は仕事を探さないといけない。けれど、そうしようにも私はまだこの島のことを全然知らなかった。

「だったら自分の目で見てきたら？」

そんな私をウルはさっぱりとした口調で送り出した。

ウルはウルで島の人達の定期検査で忙しいみたいだったから、私は言われた通り一人で出かけてきたというわけだ。

それにしても、こうして見渡すと本当に色んなロイドがいる。

小さい人ものっぽな人も、手足が剝き出しの金属部品でできている人も。

けれどその生活の喧騒は、私のかすかな記憶の奥底に残る人の営みとなんら変わりのないもののように見えた。

「わ」

そのとき頭上をびっくりするくらい大きな鳥が横切っていった。

広げた翼が五メートル以上ありそうだ。

思わず体がすくんでその場で固まってしまう。そんな私を見かねてか、鉄細工を扱う露店の主人が声をかけてきた。

「アンタ。そう、そこのアンタだよ。さっきからボーッと突っ立ってどうしたね？　油でも切れたか？」

廃材に腰をかけた恰幅《かっぷく》のいいロイドだった。

「いえ！　油だなんて。私はにんげ……」

――ここに住むなら、自分のこと人間だとか言うの、やめておきなさいよ。

「油……必要なんですか？　定期的に？」

ウルの忠告を思い出して咄嗟にヘンテコな返答をしてしまった。

「点滴みたいに体に送り込むとかですか？」

「真面目な嬢ちゃんだな。単なる慣用句だよ」

「で、ですよね！　えっと……ところで今の大きな鳥は……」

「鳥？　鳥だって？　なに言ってんだ。そんなものとっくの昔に滅んだじゃないか」

滅んだ？

「あれ、鳥じゃないんですか？」

「オナガリュウの子供だよ。この季節にはああして飛行の練習を始めるんだ。毎年のことだよ」

「リュウ……？」

竜？

「その様子だとアンタ、さては新入りだな？　右も左も分からないって面《ツラ》だ」

「は、はい……右も左も分かりません。ワケあって知らないことがたくさんあります。あ、でも猫の脚の本数は分かりますよ」

少し得意げに言ってみせる。

「あー、こりゃいろいろ重症だ。ま、いいさ。この島は来る者拒まず去る者許さずだ。ここのことを知りたいなら、うってつけの場所があるぜ」

博物館へ行くといい――と彼は言った。

「この通りをまっすぐ行くと小山のように大きな建物がある。それが博物館だ。あれこれ知りたいならそこを訪ねてみな」

「ありがとうございます」

露店の主人にお礼を言ってそちらの方向にしばらく進むと、やがて聞かされた通りの、すさまじく大きな建物が見えてきた。

「どでかい……」と口にも出してみる。

博物館は一続きの建物ではなく、いくつもの大きな建物が渡り廊下でつながっていて一つの建物になっていた。おかげで正面玄関を見つけるのにずいぶん苦労した。

ようやく見つけた玄関には私の体の何十倍もある大きな扉がそびえていた。

扉くん自身がこの巨大さに誇りを持っていそうなくらいに大きい。

「開くのかな……」

でもいざ押してみると拍子抜けするほどあっさりと開いた。

「あ、中、結構薄暗……それにひんやり」

独り言が止まらない。

入ってまず目に留まったのは、見たことのない複雑な機械だった。天井まで届くほど巨大で、広いホールの一角を占領している。

年季の入ったパイプみたいなものが何本も壁を這《は》っていて、かなり壮観。まるで古びた城がそこにそびえているみたいだった。

「なんだろ、これ」

首を傾《かし》げながらさらに奥へ。こんなにも広いのに、ほとんど人気《ひとけ》はなかったし、いわゆる受付カウンターみたいなものもなかった。

「勝手に入って、勝手に出ていっていいってこと、かな？」

長く、まっすぐな通路を歩く。

途中で他の入館者らしき人と何度かすれ違ったけれど、特に挨拶を交わすこともなかった。誰もが静かに自分だけの時間を過ごしている。水音を立てないように泉の底に潜る人みたいに。

左右には見上げるほど高い棚が並んでいて、そこにはありとあらゆるものが並べられていた。

大きな巻貝、純金の仮面、機関車、おもちゃの車、楽譜、空《から》の薬《やっ》きょう、ジャムの瓶、クラシック・ギター、球体関節人形、手袋、さまざまな規格のマンホールの蓋、マカロニ、小さな時計、毛布、タバコ、製造年代順に置かれた同一の種類のぬいぐるみ、アイマスク、蓄音機、さまざまな種類の鳥の剝製《はくせい》。

映像に関するフロアもあって、そこには数えきれない本数のフィルムが収められていた。世界各国の映画やドキュメンタリー、報道記録から見知らぬ誰かのホームビデオまで。

書籍のフロアもすごかった。

私よりも重量のありそうな巨大で分厚い本。

三つの鍵を使わなければ開けない本。

世界で最も多くの人に読まれたという本。

多種多様な本があったけれど、本はどれも言葉を奪われた賢者のように大人しく棚に収まっていた。驚異的なものから些細なものまで、後は他になにが足りないだろうと考えてしまうほど、博物館にはなんでも揃《そろ》っていた。

「名前の通り……確かに博物館だ。でもこれだけ広くてなんでもあると、なにからどう見ていけばいいか……えっと、そもそも私はなんのためにここへ来たんだっけ？」

まごまご――もたもた――迷い子みたいに通路を行ったり来たり。

「あれ、どっちから来たっけ？　ひえー」

と、下へ降りる階段を発見した。

「地下もあるんだ」

「そっちは、ダメ」

考えなしに階段を降りかけたとき、頭上から声が降ってきた。

「ごめんなさい！」

ほとんど条件反射で謝ってしまった。

遅れて声のした方を見ると、そこにはスライド式の梯子があった。

書架の上の方に収められた本を出し入れするときに登る、あの素敵な梯子だ。

でも梯子がしゃべるわけもない。声の主はその上にちょこんと座る女の子だった。じっと私のことを見つめている。

あわわ。

色素の薄い髪が間接照明にほのかに照らされて、ヘリオトロープ色に透き通って見える。

私はなにか異様な、すごいものを見つけてしまったような気がして、思わず深呼吸をした。

「行かない方がいいわ。地下は」

女の子は抑揚の少ない口調で重ねてそう言った。

私は緊張のあまり不審な動きで彼女の方へ近づく。

「そ、そうなんですか？　ごめんなさい。私、ふへ、ここに来たのが初めてで……」

今途中で無理に笑う必要あった？

ない。絶対ない。

ああもう、こういうときの自分が嫌い。

「教えてくれて……その、ありがとう……えっと」

「ラギ」

「ラギちゃん！　わた、私アド！」

しまった。距離感を大幅に間違えた。

ああ、引かれた。絶対に。

「いいの。仕事だから」

「え？　もしかしてここの？」

職員さん？

ラギは手に持っていた本を棚に収めると、ゆっくりした動作で梯子から降りてきた。

それからたっぷりとした間の後で「ええ」とうなずいた。

「そうだったんだ。えーと、ここ、ずいぶん広いです……ね」

尋ねながらラギの顔を見た瞬間、私は思わず息を飲んだ。

彼女の顔の左半分は錆で覆われていた。

古い──とても古い錆だった。

私は自分の胸の奥にあるかもしれない歯車の一つをギュッと握られたような気持ちになった。

どうしよう。言葉を詰まらせたの、伝わっちゃったかな。

ラギは少しうつむいたままチラッとこっちを見て、それから一呼吸分の間を置いて短くこう言った。

「目的は？」

「え？　ああ……ここに来た目的？」

「見ての通り、ここ、とにかく広いの。途方に暮れちゃうくらいに。そして大抵のものがある。一口には言えないの。だからあなたがなにを求めてここに来たのかが分かればいいアドバイスをしてあげられる、と思う」

口調こそ大人びていたけれど、ラギは私とそれほど年齢が変わりないように見えた。

「目的は？」

再度の問いかけ。

えっと、ええっと――。

「世界の在りようと、この島のことについて少しでも分かれば……と」

うそはついてないけれど、なに大層なことを言ってるんだ私は。演劇か。恥ずかしい。

でもラギはなにかを察してくれたみたいだった。

「それなら、あなたはどこからどんな順番で見てまわってもいい。どこで見ることをやめるのかも自由。ここには色んなものがあるけれど、それは大なり小なりどれも世界と関わりのあるものばかりだから、それらを通して世界を知ることができるはず。ただ、世界の在りように対しては理解も納得もできないかもしれないけど」

「……世界と関わりを持たないものはない？」

「そう」

ラギは近くの机の上に館内地図を広げて説明してくれた。

「今いるのがここ。入り口前のホールから八方向に通路が延びていて、それは各カテゴリのフロアに続いているの。生物、建築、政治、芸術、そして書籍や映像関連といった感じに。それから各フロアでさらに細かく分類されている。例えば書籍ならその中で年代順に整理された後、改めて執筆者の名前順に並べられているわ。こういうフロアが十一階まである」

正直な話、目眩がした。

広すぎる！

「私もそう思う」

とラギは言った。心読まれた？

「あなた、顔に出やすいから」

「面目ない……」

「それからさっきも言ったけど、この博物館には地下もある。でも地下に関しては何階まであるのか、どのくらいの広さなのか、今となってはここの職員の誰も把握してないの。だからちょっと危険」

「ひえ」

「噂《うわさ》では地下に降りたままもう何十年も戻ってこないロイドもいるらしいわ」

私は思わず床に視線を落とした。

——何十年？

「つまり……いくらいても飽きないほどものであふれてるってことだね」

深く考えると怖くなってきてしまうので精一杯前向きに捉えることにした。

「ええ。溢れて、こぼれ落ちそうなほど」

ラギはそう言った。気のせいかもしれないけれど、ラギは常にどこか悲しみを帯びた目をしている。

「重要文化財や歴史的価値の高いもの、将来的に残しておくべきとされたもの。その数は毎日増え続けているわ。世界中からおかまいなしにどんどんここに運び込まれてくる。管理するだけでも一苦労」

「どうしてこんなにたくさんのものを展示してるの？」

「どうしてって、ここはもともと人間達にとってそういう島だったんですもの」

その言葉を受けて私は少し考えてみたけれど、やっぱりよく分からなかった。

「昔、世界中から集められたそうよ。人類の遺産」

彼女の言う昔というのがどれくらい前のことなのかは想像もつかなかった。

けれど今はそれよりも――。

人類。

私はラギの言葉の中にあったその響きに気を取られていた。

「海の向こうには色んな国があって、人類がたくさん、いる？」

「ええ。これでもかと」

「ふっ」

ラギの妙な言い回しに不意をつかれて軽く噴き出してしまった。

「他に質問は？」

「えっと……」

なにかあったかな。

「あ……入り口にあったあの大きな機械ってどういうもの？」

「パイプオルガンという大昔の楽器だそうよ」

「パ」

「自分達の信仰心を、声を、神に届けようと人間達が造りあげたもの……らしいわ。それは素晴らしい音色を響かせたとか。今となっては演奏できる人なんていないけれど」

神。

ウルもその言葉を口にしていた。

「神って……なに？」

「残酷で孤独な人」

難しいことを言う子だ。

「でも、そっか。楽器か」

それなら理解できる。

パイプオルガンか、どんな音が鳴るんだろう。

考えながら私は、なんとはなしに頭に浮かんだメロディを小さくハミングした。

自然と、そうしてしまっていた。

なにも記憶の中に残っていなかったから、即興で、思いつきで。

いざ歌ってみると、その行為は自分でも驚くほどしっくりきた。長い間使われていなかった楽器が、久しぶりに音色を発したときみたいな充足感。

もしかすると、もともと私は歌うことが好きな子だったのかもしれない。

それから、少しだけ独り言が多い。

少しずつだけれど、私は私というものの輪郭を感じ始めていた。

「あなた……アド」

気づくとラギが目を見開いてこっちを見ていた。

とても驚いた顔をしている。

「あなたが今口ずさんでいたのは……どういう歌？」

「歌……ってほどのものでもないよ。覚えてる歌なんてないから、思いつきで今、デタラメに声に出しただけで……え、まずかった？　下手だった？」

いや、そもそも小さな鼻歌とはいえ館内で歌うなんて非常識だったかも。

「下手じゃない。上手だった」

「え？　ホント？　あ、ありがとう。て……てへ」

褒められて気をよくしている私の横で、ラギはなんだか深刻そうな表情を浮かべている。

「思いつきで、デタラメに……」

そして私の言った言葉を繰り返しつぶやいてから再度問いかけてきた。

「つまり今のはたった今アドが生み出したメロディだった。そういうことね？」

「そんな大袈裟《おおげさ》な……でも、そういう言い方もできる……のかな？　うん」

——生み出した。

私はラギのやや仰々《ぎょうぎょう》しいその物言いに戸惑った。

やっぱり知らないうちになにか重大なルール違反をして、それを咎《とが》められているのではないかという気になってくる。

「そうなのね。アドは創造することができる子なのね」

「ご、ごめん。よく分からないよ」

「0から1にする……それは私達ロイドには通常持ちえない力なのよ」

説明されればされるほどこんがらがってくる。

「あの、あのね……聞いて！」

私はそばにあった椅子を引くと、ちょっと強引にラギをそこへ座らせた。

ラギは素直に席について、キョトンとした顔で私を見上げてくる。

「あのね、私アドと申しますけどね」

「それはさっき聞いたわ」

「えっと、正直話すとね、私最近この島へ流れ着いたばかりで、しかもほとんど過去の記憶がないの。だからこの世界のこととか、ロイドのこととか、まだあんまりよく分かってなくて……。だからラギの言う創造する力っていうのがどれくらい重大なことなのか……とか、そういうのも分からないの」

「記憶……？　回路が部分的に破損しているの？」

「それも……よく分からなくて」

ラギは少しの間沈痛な面持《おもも》ちでこっちを見ていたけれど、やがてごめんなさいと言ってわずかに表情を和らげた。

「混乱させてしまったわね。あなたのようになにかをゼロから生み出せる、そんなことができるロイドに出会うのは初めてだったから、驚いてしまって、私」

ラギの口調がさっきまでよりも少し速くなっている。

「ねえ、この近くに私が住んでいる小さなマンションがあるの。アド、この後あなたを招待させてもらえないかしら。狭いけれど日当たりはいいし、そんなに遠くもない。創造というものについて多少は教えてあげることができると思う」

突然のお誘いにびっくりしてしまって、私はしばらく固まっていた。

「もうすぐお仕事も終わるから………アド？　嫌だった？」

「とんでも！　ない！　お、おジャマでなければっ」

生まれつきアイデアを失っている

ラギに案内されて辿り着いたマンションは、言われていた通りの古びた建物だった。

近くをパレードが通っただけでもその振動で外壁が剝がれ落ちてきそう。

この島でパレードなんてものが行われるのかどうか定かじゃないけれど。

「ここは私が管理もまかされているの。見た目は古いけど結構頑丈なのよ」

ラギの言う通り、近づいてみると柱や壁は案外しっかりとしていた。

外壁はうんと濃く淹《い》れたようなココア色をしていて、戸口にはささやかな階段がある。

その階段の上に二人の少女。

ウルとメイだ。

「あれ？　どうして二人がここに？」

「ね？　やっぱり連れてきた」

私の質問には答えず、ウルはメイに対して勝ち誇っている。なんだか楽しそうだ。

「ウル。あなた」

ラギが不服そうに唇を尖らせている。

そんなラギを見てウルは「ごめん」と悪びれずに言った。

「みんな、友達だったの？」

「今朝ラギに電話しといたの。アドって子が博物館に行くと思うから見かけたら親切にしてあげてって」

「そうだったの？」

確認の意味を込めてラギの顔を見ると、彼女も小さくうなずいた。

最初から気にかけて私のことを探してくれていたんだ。

それにしても、私の行動はすっかりウルに読まれていたんだ。

「今日は定期的な集まりの日なんだ。もともとラギの家に集合する予定だったんだよー」

そう話す今日のメイの服装は野球のユニフォームじゃなく、ボーイッシュで可愛らしいパンツスタイルだ。

「そこで私とメイで賭《か》けてたわけ。ラギがアドを集まりに誘うかどうか」

「くそー。ラギは引っ込み思案だから誘わないと思ったんだけどなー」

「それでもなんとなくアドとなら仲良くなると思ったのよね。さすが私。天才の読み」

ウルは嬉しそうだけれど、ラギの顔はますます不機嫌になっている。

「別に仲良くなりたくてこの子を家に招いたわけじゃない」

あ、そうなんだ。

いざ言われるとちょっと寂しいというか、残念。

でもそんなものか。

「またまたー」

「私はただ、重大な発見があったからアドにその説明をしてあげようと……」

「発見って？」

茶化していたウルもメイも、ラギのその言葉にすぐに反応した。控えめなのに、ラギの言葉の響きには人を惹きつける不思議な引力みたいなものがある。

「立ち話もなんだし、入ろうぜー」

そう言ってメイがさっさとマンションに入ってしまったので、私達もそれに従った。

ラギの部屋はこれもまた彼女の言っていた通り、確かにそれほど広くはなかったけれど、その分奥行きがあって内装もしゃれていた。

美意識の高い子なんだということが一目で分かる。

メイは我が家かのような態度で一人がけのソファに腰をかけ、軽く部屋を見渡した。

「オドはー?」

「今日はトレーニングで来れないって」

「マジメなヤツめ！」

オド。知らない名前だ。

ラギは私達のために「カモミールを淹れるわ」と言った。

カモミール！

あまりよく覚えていないけれど、すごく愛らしい類《たぐい》のティーであることが期待できる！

カップをテーブルに並べながらラギは博物館で発覚した私の特性についてウルとメイに語って聞かせた。

「歌を作った!?　アドが!?　ラギ、冗談キツいよ！　あ、あ、あ、ありえない！」

ソファの上でメイは靴が天井に飛んでいきそうなほどのけぞった。

驚いたのはウルも同じだったみたいで、珍獣でも見るような目で私のことを凝視していた。

「そ、そんなにありえないことなの？　私、ちょっと思いつきで鼻歌を歌っただけなんだけど……」

「正直言って私もまだ半信半疑」

そう言ってラギがカモミールティーを手渡してくれる。

「それってゼロから作れるってことだぞ？　人間じゃあるまいし！」

「メイ、待って」

熱くなるメイをウルが静める。

「ラギがそう言うなら証明してもらおう。アド、例えば今ここでこの子の歌、作れる？」

ウルが指差したのは他ならぬメイだった。

「ええ!?　この子って、メイの歌を!?」

「そう。メイをテーマに一曲」

「い、今？」

「そう」

「む、無理！　無理です！　そ、そうだ！　歌よりも、お茶をどうぞ！　私が淹れたわけじゃないけど！　ホント、歌うだなんてそんなっ！」

「やれる？」

「う……」

プレッシャーがすごい。ウルは真剣だ。

なんだか妙な流れになってしまった。

部屋にいる三人が三人とも奇妙な期待を込めた目で私のことを見ている。

逃げ場はない。

これはもう、やらないわけにはいかなかった。

「えーっと……わ、笑わないでね？」

私は視線を一身に浴びながら、もうどうにでもなれという気持ちのまま即興で歌を口ずさんだ。

メイ　メイ　元気なメイ
ローラースケートの似合う痩《や》せ形の女の子
メイ　メイ　陽気なメイ
バットを取り上げたら泣いちゃうかしら
とはいえ今日の洋服は
素晴らしいよね　そうなんです
別の惑星から見た星座みたいにね

やった。やりましたよ。

どうだ。これで満足か。さあ殺せ。

恥ずかしさで顔が赤面膨張爆発しそうだ。

いっそトドメを刺してくれーという思いで恐る恐る顔を上げてみる。

するとウルもメイもラギも、ポカンとした表情で固まっていた。

まるでゼンマイでも切れたみたいに。

なんらかの判決が下るのをじっと待っていると、ようやくメイが口を開いた。

「そ、それ……本当に今作ったのか？」

「まあ……」

「どっかの人間が昔作った歌をテキトーに持ってきたんじゃなくて？」

「う、うん」

「メイ、アンタの歌なんて他にどこの誰が作るのよ。アドは紛れもなくたった今この歌を作ったんだ。これはラギの言葉を信じざるを得ないね」

　ウルは茶化すような様子もなく、そう言った。

「たまげたー……ケホ」

　メイはソファに背を預けながらカモミールティーを喉に流し込み、むせた。かと思うとすぐにこっちに覆い被さってきて私の頬と耳を引っ張った。

「おまえ、本当は人間なんじゃないのー？　うりうり」

「ぎゃあ！　やめて！」

「その子はロイドだよ。それは私が保証する」

　ウルにそう言われて私はドキッとした。実際には心臓はなにも反応していないけれど。

　ラギは飲み終えたカップを丁寧にテーブルに置くと、気を取り直したように口を開いた。

「アドの特異性《レアリティ》が証明されたところで、次はアドがどこかで落としてしまった記憶《メモリ》を埋める作業をしましょう。まだまだ分からないことが多いみたいだから」

「基本的なことはざっと説明はしたんだけどね」とウル。

「そう。それならアド、これはもう知っていると思うけれど、このエルゥエル島に基本的に人間はいないの」

　人間はいない。

　彼女ははっきりと言い、そこでわずかな空白を設けた。おそらくは意図的に。

「もちろん一人たりとも存在しない、ということはないわ。ほんのわずかだけれど、いるにはいる。けれどそれは私達を見張り、最低限管理するために交代で島に滞在しているにすぎないの。その他の住民はみんなオートロイド。もちろん私も」

そして、とラギはまた効果的な間を取った。

「そして人間に生み出された私達オートロイドには、ゼロからなにかを創造することはできないのよ」

彼女はそう断定した。啓示みたいに。

「設計図のあるものや、あるいはあらかじめ作業手順や工程の定められているものならマニュアル通りに造り進めることはできるわ。でもそれは製造であって創造じゃない」

「あたしらにとって『オリジナル』はありえないんだ。例えば」

メイが部屋のカーテンを指す。

「見ろよこのカーテン、繊細でミスのない見事な出来栄えだろ？　これ、あたし達の知り合いのロイドが造ったものなんだ」

確かにカーテンには幾何学模様の美しい柄が入っている。

「他にもいくつかの柄のパターンがあって、客はその中から好みのものを選んで注文するんだ。そいつは確かな技術で注文通りに造る。でも、もしパターンにない、まったく新しい独創的な柄のカーテンを発注されたらあいつはこう言うよ。無理だ。自分には造れないってね」

「つまり、今までにないまったく新しい柄というものを思い描けないのよ」

メイの話をラギが滑らかに受け取る。

「それと同じことが色んなものに当てはまるわ。靴職人、建築家、画家、作家、音楽家」

私は話を理解するので精一杯だった。

「この島に立つあらゆる建物、日用品、ファッション。どれもこれもオリジナルじゃない。探せば世界のどこかに必ずコピー元のオリジナルがある。設計図がある」

「エルゥエル島にはロイド独自の文化とか芸術というものがないのよ。全部人間が生み出したもののコピー」

そう話すウルは忌々《いまいま》しそうな表情を浮かべている。そんな表情をするとただでさえ鋭い顔が一層鋭利になる。

けれどラギは慣れっことでも言うように気にせず話を続けた。

「そう。すでにあるもの以外は生み出せない。私達は生まれつき『アイデア』を失っているの。神様は唯一それを与えてはくださらなかった。原初の歯車をもってしても授かることはできなかった。それなのに――」

そして彼女はカモミールの香り越しに私を見る。

「アドは歌を歌った」

「私……」

「そう。あなたは歌った。ロイドでありながら、すでにあるものではなく、あなた自身の内側から湧き出たオリジナルの旋律を。それは紛れもない創造よ」

ラギの言わんとしていることはなんとか飲み込むことができた。だけどそれでも、自分がそれほど大層なことをやってのけたんだっていう感慨なんてない。

だけど「そんなの大袈裟だよ」とも言えなかった。

「なぜあなたにそんなことができるのか、それは私にも分からない。けれどあなたがその力をどう使うのかとっても興味がある。そうよね？」

ラギがウルとメイに視線を向ける。

二人とも否定しなかった。

私は適切な言葉を返すことができなかった。

私はなにか目的を持ってこの島にやってきたわけじゃないし、創造という行為に対して特別に自覚的だったわけでもない。

「私に妙な特技があるらしいことは理解した……んだけど、でもだからってそれでなにをすればいいのか……」

「まあ、困っちゃうよなー」

メイはまるで自分のことのようにまた天井を見上げる。

「そこでなんだけど、アド、あなたに折り入って頼みたい仕事があるの。話を聞いてみるつもりは？」

「仕事？　私にっ？」

ラギからの思わぬ申し出に大きな声が出てしまった。

「ラギ。さては最初からそれが目的だったな？」

メイがなにかを察したみたいに笑う。

「島に来たばかりならまだ仕事、見つかってないわよね？」

「仕事って……どんな？」

「こっちよ。来て」

ラギは椅子から立ち上がって部屋を出ていった。

それでなんとなく私達は連れ立って彼女についていくことになった。

ラギはマンションの階段をズンズン上っていく。

「仕事、見つかってよかったじゃない」

私の前を歩くウルが気の早いことを言う。

まだどんな仕事なのか聞いてもいないので、それについてはなんとも言えなかった。

そんな私を励ますみたいに後ろからメイも声をかけてくる。

「ラギならそう無茶は言わないよ。大丈夫」

「そうだと嬉しい、けど」

「ところでさ」

「え？」

「おまえさっきあたしからバット取り上げて泣かすとか歌ってなかった？」

私は階段を二段飛ばしに駆け上がってメイから逃げた。

＊

ラギに案内されたのはマンションの屋上だった。

色彩の乏しい乾いた風景が私の目の前に広がっている。

枯れた植物、割れて転がった植木鉢、欠けたレンガ、硬くこわばった土。

一面が荒れ果てていた。

「殺風景でしょう。でも昔、ここには庭園があったの。慎ましく花が開いて、虫も立ち寄る穏やかな場所だった」

髪を風に遊ばせながらラギは話し始めた。なにかのおとぎ話の語り出しみたいに。

「私自身直接この目で見たわけではないけれど、ロイドが住むようになるよりもずっと前、かつてここに住んでいた人間が植物を育てて管理して、維持していたんだって。でもその人間もいつしかいなくなった。島を出たのか、病気かなにかで死んでしまったのか。ともかく人間がいなくなるとこの庭園はすぐに荒れてしまった」

彼女の話に耳を傾けながら私は屋上を端から端までゆっくり歩いた。

土からなにかが顔を出している。そっと手で掘り起こしてみる。

千切れたぬいぐるみの下半身だった。

「その話を聞いて私、なんだかいいなって思った。ここに花が咲きそろっていたら、それは素晴らしいことのような気がしたのよ。それで私もなんとかこの庭園を蘇《よみがえ》らせようと努力してみたんだけど、でも無駄だった。私にはできなかった」

ラギは足元に視線を落とす。

「さっきも言ったように私達にはなにかを生み出すことはできない。それは生命を育むということに対してもそうだったの。生き物を育てる行為に絶対的な正しい手順は存在しない。マニュアルもない。水をやるくらいはできるだろうけれど、それだって日に何cc、何時と何時に水を与えれば間違いはない、なんて明確に本に記されているわけではないし、植物がいつどんな病気に罹るのか、どんな害虫に襲われるのかも予測はできない。参考にしようと開いたとある本には質のよい音楽と愛情も必要だって書いてあった。それでますます分からなくなって、結局私は断念したの。それで今ではこのありさま」

屋上は少し歪《いびつ》な台形型に広がっていて、転落防止用のフェンスのようなものもない。完全に干からびた蔦《つた》が蛇の抜け殻みたいに絡まって足元に転がっている、殺風景な場所だ。

「でもアド、あなたにならそれができるかもしれない。あなたにこの庭園の再生と管理を頼みたいの。定期的にここへ来て植物を植えて、世話をして蘇らせる。そういうお仕事」

私は戸惑っていた。

「私……いい加減な……些細なメロディを口ずさめるだけだよ？　四小節とか、八小節程度の」

歌うことはたぶん好きだ。でもそれだけだ。

そんな私が――。

話を聞いてもまるで自信が持てなかった。

「もちろんうまくはいかないかもしれない。でもアドには他の誰よりも可能性があると思う。私、この屋上に花が咲いているところを見てみたいの。だから――」

お願い――。

私はもう一度足元の土に触れて深く考え込んだ。

「お仕事の合間の食事も出すわ。バリエーション豊かとは言えないけれど」

「言っとくけどラギの料理はそこらのレストラン顔負けよ」

ウルが補足するようにそう付け加えた。

「ぐ」

「お、揺らいでる揺らいでる」

「アドって案外欲望にショージキなヤツなのかもなー」

ウルとメイのひそひそ話はこっちに丸聞こえだった。

おかげでしゃがみ込んで思慮深く考えているふりをしているのがバカらしくなってしまった。

本当はもう答えは出ていた。

前のめり……とは言えないまでも、ラギの真摯《しんし》な言葉はとっくに私の胸を動かしていた。

「……分かった。やります。私、やって……みます」

おかしいのは私の方

翌日、ソファからむくりと起き上がるとウルはもう家を出ていた。

仕事に行ったんだろう。

私は一人きりの静かな家でモタモタと支度をし、昼前に出かけた。

空は快晴。けれど潮風が強い。干してきたシーツのことが少し心配になる。

海沿いの道を歩くと、沖に小型の船が停泊しているのが見えた。

少しの間それを眺めていると海面をなんらかの魚が跳ねるのが見えた。

路地に入ると一気に空が狭まる。

屋根の修理をしている人、軒先でチェスに興じる老人達、一心不乱に靴を洗う女性。

さまざまなロイドの生活の音が聞こえる。

目指すマンションまではあっという間だった。

「ラギ、来ました」

「いらっしゃい。ご苦労様」

今日が仕事の初日だ。

白状すると仕事を受けることにしたその裏に、別に並々ならぬ決意とか大した理由があったわけじゃない。

今の私には他にやることも、やれそうなこともなかったからだ。

でもどうせなにもないなら、博物館で私に声をかけてくれたラギの願いを叶《かな》えるために、必要としてくれる相手のために一生懸命働いてみるのも悪くない。

そう思えたんだ。


その日から私は屋上の庭園を再生させる道を歩み出した。

「ほら、椅子に座って」

挨拶もそこそこにラギは部屋の本棚から何冊かの分厚い本を持ち出してきた。

そしてテーブルの上の食器を隅に寄せ、そこにそのうちの一冊を広げてみせた。

それはあらゆる種類の花や野菜や果物を紹介した古い図鑑だった。

「見て」

ラギは髪を耳にかけながら、広げた図鑑を軽くこっちへ滑らせた。

「色んなのがあるでしょう?」

「う、うん。えーっと……」

私は突然舵《かじ》をまかされて狼狽《ろうばい》する若い水夫みたいに、目の前の図鑑とラギとを交互に見て訴えた。

「この島の気候や風土に合った植物の中からアドがきれいだと思うもの、どんな香りがするのか気になるもの。なんだっていいわ。好きに選ぶといい」

好きな方向へ進んでみなさい。そう言われたような気分だ。

「用意できるの? 種とか苗とか、きゅーこん? とか」

「もちろん望む種類のすべてが手に入るわけじゃないわ。それに時間もかかる。種、球根、苗。エルゥではそれらは需要がないから」

「誰も育てられない……から?」

「そう。でも実際手続きさえ踏めば案外手に入るものなのよ」

「手続き?」

「島の外から持ち込んでもらえばいい。港へ行けば船で物資を運ぶ仕事をしているロイドがいるわ。彼らは自分の船を所有していて、仕入れの仕事を細々と請け負っているの。なんでも扱う。食料、生活必需品、鉱石、鉄、動物。次の出港の際に頼んでおけば屋上の下ごしらえが整う頃には船も戻るんじゃないかしら」

私は無心で図鑑のページをめくる。めくる。

いつの間にかラギの家のテーブルの上が仮想の庭園になった。

*

初日は育てたい草花の選定と屋上の掃除に費やされ、太陽はあっという間に傾いていった。

「お疲れ様。アド、またよろしくね」

「ラギも、いろいろ手伝ってくれてありがとう」

「いいの。今日はお休みだったし」

私はマンションの前で手を振り、ラギと別れて家路を急いだ。

一日中動いていたので、全身に疲労感が漂っていた。

もしウルの言う通り私がオートロイドなんだとして、機械の体も疲れを感じたりするものなんだろうか?

それとも疲労感や充足感を覚えているのは心の方?

階段と路地が複雑に入り組む集落に入る。

階段の上り降りを何度か繰り返し、道を譲り合わないと通れない細くて短いトンネルをくぐる。

壁にはフリーマーケットや、港での荷の積み下ろしの作業員を募集する広告がいくつか貼られている。けれど、ほとんどが破れているかひどく汚れているかで、細かい内容は読み取れなくなっていた。私の背中の文字と同じだ。

突き当たりを右に折れるとなだらかな階段が空に延びている。ウルの家はその先にある。

「ただいま」

声をかけたけれどウルはまだ帰っていなかった。テーブルの上には朝食に使った食器がそのまま放置されている。

少し考えてから私はそれをシンクに運び、丁寧に洗った。それからキッチンの窓をすべて開けて埃っぽい空気を外へ逃がした。

それからきちんと乾いていることを確認してからシーツと洗濯物を取り込んだ。下着、靴下、迷彩柄のシャツ、厚手の手袋、バスタオル。それらを選り分けてたたみ、ウルの寝室に運び込む。

ウルの寝室は他のどの部屋よりも雑然としていた。

ひゃー。

まったくなにをどうしたらこうなるの？

とても小さくて、とびきり大事なものを大急ぎで探しまわった後みたいな散らかりようだ。

乱れたままの毛布を一度大きく広げてからきれいにセット。

ベッドから落ちたままになっていた枕も拾い上げて元の場所に戻す。

うん。だいぶ見られるようになってきた。

と、私はここまでの作業を逐一歌にしながらこなしていった。

「アドって独り言多いよね、ホント」

「ぎゃわ！　ウル⁉」

「というか、独り歌？」

いつの間にか玄関にウルが立っていた。

「ただいま」

「お、おかえり！」

すべて聞かれてしまった……。

「アド、仕事の初日はどうだった？」

「えっと……」

ウルは自分の仕事道具をドカッと床に置いて、私の返事も待たず寝室へ向かった。

それから数秒もしないうちに向こうから感嘆の声が響き、すっかり服を脱いで下着姿になったウルが部屋から飛び出してきた。

「まさか掃除してくれた⁉」

「うん……」

「洗濯物も？」

「それくらいは」

居候《いそうろう》の身ですし。という意味を込めてうなずくとウルは盛大に私の頭を撫《な》で、ヘンテコな社交ダンスみたいなものを強要してきた。

「素晴らしい！」

「ダンス！　恥ずかしい！」

「アンタのためだけに特別賞を作って授与してやりたい気分！」

＊

花を育てて庭園を蘇らせる。

そんな仕事を引き受けはしたものの、私は必要な知識をまったく持っていない。

だからまずなにをすべきなのかを知る必要があった。

私はあくる日から博物館の書籍のフロアにこもった。

農業、園芸、ガーデニング、気候、害虫、土壌。

関連のありそうなあらゆる本を手に取って席に座り、調べ物の旅に出た。

そして案の定、本の世界の広大さにすぐに挫けそうになった。

「ひどい姿勢で本を読むのね」

博物館にこもってから四日目の昼下がり、ラギにそう言われて私は慌てて背筋を伸ばした。

ラギはこうしてときどき様子を見に来てくれる。そんなとき、彼女はほとんど物音を立てないし、気配といったものも感じさせない。

そして決まって片手にカップを持っている。中には決まって何やらトロンとした琥珀《こはく》色の甘苦い飲み物が入っていて、いつもそれを私に手渡してくれる。

「いつもありがとう。でもその、お仕事増やしてごめんね？」

今日も姿勢を正してその温かい飲み物を受け取った。

「なんの話かしら？」

「いや、だから私が毎日ここに入り浸ってるから、職員として見回りに来てくれてるんでしょ？」

「別にそういうつもりじゃないけれど」

「と言うと？」

「だから……合間にちょっとお話するくらい、構わないんじゃない？」

そう言ったラギのもう片方の手には初めてもう一つカップが握られていた。

「ジャマだったら……その、無理は言わない……けど」

彼女はおずおずと自分のカップを揺らし、ためらいがちに私から目を逸らした。私はその仕草を見てようやく察することができた。

「あ……わわ！　ジャマだとかそんなバカなこと！　ない！　ジャマなわけ！　ラギ、い、一緒に飲も！　いひ」

結果ラギ以上に余裕を失い、また変な笑い声を漏らしてしまった。

ラギは机を挟んだ向かい側の席に美しい姿勢で座った。

そしてものも言わずチビチビと琥珀色の飲み物を飲んでいた。

私も同じペースで飲んだ。

圧倒的な沈黙が博物館全体を包む。

周囲に他の入館者はいない。

これは――。

続く沈黙。

どれくらい時間が過ぎただろう。二人きりの気恥ずかしさはそろそろ気まずさに変貌《へんぼう》し始めていた。

なにか、話さなければ！

「今日」

「えっ？」

絶妙のタイミングで口を開いたのはラギの方だった。

「職員会議の日だったの。今日」

「あ……ああ！　会議ね！　あれね」

どれだ。

「議題はなんだったと思う？」

彼女の問いかけに対して私は真面目に考えてみた。

「か……館内にカフェを出店する相談、とか？」

咄嗟にそう思ったのは、この名も知れぬ飲み物がやたらと美味《おい》しかったからだけれど、ラギは「ハズレ」と言った。

「それなら……それなら……」

慌てて別の回答を捻《ひね》り出す。

「澄んだ水や空気を今のうちにここに保存しておくべきかどうかについて……とか？」

「……あなたって面白いこと考えるのね」

「テキトーだけど……」

「不正解だけど、でもそれも悪くないわね。今度提案してみる」

これには思いの外《ほか》ラギも喜んでくれた。

「なら答えは？」

「ここ最近の一番の常連様、アド専用の椅子とテーブルを用意するべきか否かについて」

「え！」

「だってこの机も椅子も、あなたの体にはちょっと大きすぎるでしょう？」

図星だった。よく見ている。

自分の席。

それは私にとって不思議に充足感のある響きを持った言葉だった。

自分のための席。自分のための場所。

かつての私にはそんなものはなかったような気がする。

気がするだけだ。でも、きっとそれは間違いない。

「私以外の職員はみんなおじいちゃんばかりだから、みんな熱心に通ってくれるアドのことが気がかりで、世話を焼きたいのよ」

「そ、そうなの？」

「世話係の座は誰にも譲らなかったけど」

「え」

ラギの意外なつぶやきに驚く。

それから後の沈黙は最初のときのものとは違って、花の香水でも振ったみたいに心地がよかった。

話してもいいし、話さなくても平気。

これって嬉しいことなんだ。

「あそこの窓」

すっかりカップを空にした後で、私は以前から気になっていたことを口にした。

「窓?」

「ほら、あそこの天窓」

ラギも私と同じように顔を上げる。心なしかお互いに表情が弛緩している。

「うっすら天使の絵が描いてあるんだね」

「そう、なの? 知らなかったわ」

「光の加減で決まった時間にだけ浮かび上がるみたい」

私は差し込む日差しの角度を測る。

「ほら、ちょうどもうじきだよ」

数分、二人で顔を上げたままそのときを待った。

やがて小さな天窓の右上の隅にそれは浮かび上がった。

小さな一対の翼を持った愛らしい天使。

「ね?」

「初めて見たわ」

職員のラギでも知らないとなると、あれはこの場所の常連しか気づかない秘密の細工だったのかもしれない。少し嬉しくなる。

「大昔に人間がここを建てたとき、職人が遊び心で入れたのかもしれないわね」

私としてもラギのその予想をぜひ推したいところだ。

「きれいだよね」

「きれい……うん。きれい」

ラギの反応が気にかかって私は窓から視線を下ろした。

「私、美しさって、そのうちの半分は恐ろしさなんじゃないかって思うことがある」

突然の鋭い言葉。

「それって……」

「アドは考えたことない？　世界にはどうして美しさと醜さがあるんだろうって。どうしてあらゆるものはその二つに振り分けられてしまったんだろうって」

「私は……」

「私がきれいだと思うものは本当に神様の振り分けた『きれい』に属しているんだろうか。もしそうじゃなかったら、おかしいのは私の方ということになるのかしら」

私は愚かなりにラギの言葉について考えようとした。

「あげくこんなことまで考えちゃうのよ。私自身はどっちに振り分けられたんだろうって」

日差しがさらにその角度を変えてラギの顔を照らした。

彼女の顔の錆が色味を変えてこちらに何かを訴えかけてくる。

そっか。ラギは今、大切なことをそっと私にだけ聞かせてくれているんだ。

思いもかけない天使の降臨が彼女の口を少しだけ軽くしたのかもしれない。

「私、なにも考えないで生きてるとこがあるから、ちゃんとしたことは言えないんだけど……でも、でもねラギ」

空のカップを両手で包むように握りしめる。それがラギの手だったらいいのにと思いながら。

そして口を開く。本当の言葉だけを厳選して吐き出す。

「でも、私はラギをきれいだと思う」

言葉の真意がちゃんと彼女に伝わっただろうか。

それは分からない。けれどラギは私の言葉を受け止めた後、悲しく優しく、微笑んだんだ。

毎日開館から閉館まで本を読みあさり、家に戻ると今度はラギから借りた例の植物の本を朝まで読み続ける。

そんな私の毎日は同居人のウルを少しばかり子供っぽくした。

「今夜も寝ないで本とにらめっこ？　つまんない。アドー、こっち来て一緒にポーカーやろうよ。ほらほら、楽しいよ」

トランプを切りながら夜ごと誘惑してくるのだ。けれどそんなウルを尻目に私はページをめくり、毎日知識を吸収した。

気を利かせてくれたのか、いつしかウルも大人しくなった。

そうして一週間が過ぎた。

七日目の晩、私はベッドで小動物のように長い眠りについた。

その瞬間まで私は自分がほとんど一睡もしていなかったことに気づいていなかった。

睡眠って絶対に取らないといけないものだと思い込んでいたけれど、ロイドにとってはそうでもないみたい。

＊

深く眠った次の朝、目を覚ますと私はベッド脇のずいぶん窮屈なスペースで毛布を抱きしめていた。眠っているうちに落っこちてしまったらしい。

私を追いやった犯人はベッドを占領して満足そうな寝顔を見せている。

「ウル……」

なんだか悔しくなったので私は彼女のヘソの横をくすぐってみる。

するとウルは悲鳴とも笑いともつかない声を上げて跳ね起きた。かなり芸術点の高い飛び跳ね方だった。

ウルは首を左右に動かし、自分の身に一体何が起きたのか探ろうとしている。

「おはよう」

そんな彼女に朝の挨拶をした後で私は改めて同じ場所をくすぐった。

ウルは今度こそ完全に笑い転げまわることとなった。

その後の朝食の席でウルはふくれ面を見せていた。

「どうしよう、ウル」

私はテーブルに両手を載せ、真剣な顔で言った。

「……なによ」

「私って追いつめられて困ってるウルを見るのが結構好きみたい」

その衝撃的な告白に、ウルは目を見開いたまましばし固まった。近距離で落雷を目《ま》の当たりにしてしまったときのような顔だ。

「ひどい！　アドは残酷だ！」

手元のパンを細かく千切りながら抗議するウルに、ミルクを注いでやった。彼女は恨めしそうにそれを飲む。

「うぅ……美味しい」

「よかったね」

「うん」

二人で笑い合ってから朝食を再開した。

私はウルの優しさというものに改めて包まれているような感覚を覚えた。こんなふうに共同生活をしていく中で、そう感じることは多々あった。

「ウルってさ」

「ん？」

「どうしてそんなに優しいの？」

「そう？　メイの野球チームの子供連中からいつも怖い怖いって言われてるけど」

ウルの反応は素っ気ない。

「それはウルのことが好きだからわざとそんなこと言ってるんだよ。ウルが優しいことを分かってるから」

「えー、私そんなモテてたのかーやったー」

「まったく気持ちがこもってないけど……。ウルって怒ったりしないの？」

「するよ」

彼女は手を止めた。

「私の中にだってそういう感情はあるよ。優等生の上っ面なんて剝ぎ捨てちゃって、世の中の不恰好なねじれみたいなものに蹴りを入れてやりたくなることがある。持って生まれたこの凶悪な目つきにふさわしくね」

と、ウルは人差し指で目尻をつり上げてみせる。

「過激だ」

「過激なの。でもそれは出さない。出せないんだ」

「どうして？」

「さあ？　ここにストッパーでも入ってるんじゃない？」

ウルは自分のこめかみのあたりを指差す。

「なんて言うか、安全装置みたいな」

「もう一人の怒《いか》れる自分は今のところ眠ってる？」

「そうね。いつか来るそのときを待ってるのかも」

「ウルが怒るとき、それはよっぽどなときってわけだね」

「あるとしたらそれはここじゃない別の世界でのことだろうね」

別の世界の、別のウル？

面白い発想。でも想像がつかない。

それから二人で一緒にお皿を洗った。

「アド、今日はなにをするの？」

「本を読んで分かったことなんだけど、花って土に植えれば勝手に生えてくるわけじゃないんだって」

「そのあたりに勝手に生えてる草とか花とは違うの？」

「違うみたい。だからまずは土」

私はその問いに答えるのに合わせて水道の蛇口を捻る。

『土』というのが正しい合言葉であるかのように、そこから勢いよく水が出た。

「土を作るの」

＊

マンションの屋上に立って土に触れてみる。

すっかり冷えてしまったポテトみたいに味気のない手触り。

私は今日から屋上庭園の土壌改良に勤しむ。

なにを育てるにもまずは長年放置されて硬くなり、すっかり痩せてしまった土を蘇らせるところからだ。

土に堆肥《たいひ》を混ぜ、植物を育てるのに適した豊かな土にするんだ。

やらなきゃいけないことを見出《みいだ》した私は連日島を散策し、必要なものを辛抱強く探した。

必要なものというのは例えば落ち葉、松の樹皮、鶏糞《けいふん》。

当然どれも都合よく手の届く位置にあった、なんてことはなかった。落ち葉や松の樹皮は島の南の外れの森まで出向かないと落ちてなかったし、運ぶのにもずいぶん苦労した。

「大抵の場合ー、必要なものは遠くにあってさー」

思いついた言葉を適当なメロディに乗せて口ずさみながら、屋上の一角で堆肥作りに励んだ。

大きな板で囲いを造って、その中に層になるように順序を守って落ち葉やもみ殻を敷き詰める。その上をビニールシートで丁寧に覆ってから最後にレンガを錘代《おもり》わりにいくつも載せる。

一週間から十日おきに中をかき混ぜて水分を加え、また元に戻す。

中で発酵が進むまでそれを繰り返す。

そんな作業のかたわらにも私は相変わらず博物館には通っていた。もはや調べ物云々《うんぬん》は関係なくて、習慣みたいになっていたからだ。

　あるとき、私は映像記録の収められているフロアの奥に小さなスクリーンが備えつけられた一室を見つけた。見つけてみれば、どうして今まで気づかなかったんだろうと不思議なくらいにそこは好みの場所だった。

「あのスクリーンを見つけたのね。許可さえ取れば好きなフィルムをスクリーンに映して見ることができるのよ」

　それ以降私はたびたびその部屋に足を運ぶようになった。

　そこで私はいくつか人間社会の古い記録映像を見て、すべての子供がそうするみたいに学びを得ていった。

　文明の発展と衰退。流行《はや》りと廃《すた》れ。自然の恩恵と災害。

　それからかつてこの地上には、人智を超えるほどの破壊力を持った忌まわしい超兵器が存在していたことも知った。

　その兵器がひとたび点火され爆発すると、あらゆる物質は無慈悲に蒸発させられた。そしてその際、数分間にわたって周囲数百キロの空気を震わせてえも言われぬ音階を持った音を響かせたという。

「あれはまるで天使の唄だったよ。だから尚更《なおさら》恐ろしかった」

　目の開かない老人がインタビュアーに答えている。

　超兵器の爆発には規則性がなく、だから個体によって響かせるメロディもすべてが違っていて、同じものは二度と聞けないという話だった。

　そんな超兵器も、あまりにおぞましい力だとされてずいぶん昔に封印されたそうだ。

　そう、忘れちゃいけないことだけど、たくさんの映画も見た。

映画。つまり立派な絵空事を記録した映像作品だ。

そこには情があり、歌があり、若者の成長があり、暴力とためらいのない死があった。

どうも人間というものは生きてゆく上でそういうあれこれに関心を寄せないではいられないみたいだった。

満員御礼のオド

私がエルゥエルに来てから二月《ふたつき》ほどが経った。

それは同時に『私がこの世界で生き始めた月日』と言ってもいい。それ以前の歴史が白紙なのだから。


この島に季節というものがあるのかないのか、私にはよく分からなかったけれど、心なしかこの頃日差しが強くなってきたように感じる。

月日が経つ間に、屋上で混ぜ返し続けたもみ殻や木の葉は見事に発酵して堆肥になっていた。

「あれから庭園の調子はどう？」

メイはオイルジュースを片手に私に言った。

「土に栄養が戻ってきたから、こないだ種を植えたよ。ついに」

両手でちっちゃいピースを作って報告すると、メイは「おお」と声を上げた。

少し誇らしくて表情を弛緩させていると、隣の席のラギがホットドッグを差し出してきた。

「食べる？」

「いいの？」

ラギは言葉もなくうなずく。最近分かってきたことだけれど、ラギは小食だ。

「ふ……じゃあ食べます」

「なんでかっこつけてんの？」

ウルが呆れている。

今日は休日。

ここはとある建物の地下二階だ。

私達はメイの発案で町のイベント会場に来ていた。

細くて暗い階段を降りた先に見たこともない世界が広がっていた。

壁中に描かれたカラフルな落書き。水槽の中で泳ぐパフォーマー達。

心と体を縦に揺らすようなリズムを持った音楽が鳴り響き、会場は異様な熱気に包まれていた。

円形の客席の真ん中には六角形のリングが設置されている。その中央にいかにも強そうな機械の腕のマークが描かれていた。

「ウル、闘技場……って言ってたっけ？　ここ」

ほとんど説明らしい説明を受けずにここへ連れてこられたので、正直私はまだよく分かっていない。

「そ。ボクシング、知らない？」

「よ、よく知らない」

「今日はオドの試合なんだよ」

「オドって、確か」

そのとき歓声が一際高まり、私の声はかき消された。

選手がリングに上がってくる。

女の子だ。

額の形が素晴らしく美しい。

その表情は落ち着いている。

彼女が高らかに右手を上げると会場がさらに沸《わ》いた。

あの子がオドだ。すぐに分かった。

相手選手は彼女の倍はありそうな強面《こわもて》のロイド。

どう見ても対戦相手の方が大きくて強そうだ。

勝てるのかな？　大丈夫かな？

でも――そんなものはすべて杞憂《きゆう》だった。

1ラウンドKO。文句なしのオドの圧勝だった。

あんなに鮮やかなパンチを、私は後にも先にも見たことがない。

*

イベントの後、私達は試合を終えたオドを加えて会場近くのオープンカフェでくつろぐことにした。

「痛快だったなー！」

メイがジュースを飲みながら熱く試合の感想を語る。

今日はなんだか大人数だ。

こんな休日を過ごすのは初めてで、終始私はキョロキョロ、オロオロしていた。

本来の私はこんなふうに誰かとテーブルを囲んで休日を楽しんでいい存在じゃない。

そんな感覚が心の奥底に張りついているせいだろうか。

本来の私――そんなものがあればの話だけれど。

「ほらアドからもなにか言葉の一つでもかけてやれよー」

メイに背中を叩かれてまたオロオロ。

体をくの字に曲げて緊張しながらオドに声をかけた。

「私、アドと言いますけど……初めまして……その……かっこよかった！」

オドは無言のままサングラスを外すと、たっぷりとした間を取ってからこう言った。

「ボク、強いから」

クールだ。

感心しているとすかさずメイが口を開いた。

「クールだ……なんて思うなよ。騙《だま》されるな。こいつは単に口下手なだけなんだからな」

「そうなの？　私と同じだ」

「そうなの。こんな調子でいつも……っていうか試合中も平然としてるんだ」

「確かに試合中も顔色を変えてなかった！」

「そのせいで最初は生意気なルーキーって叩かれてたんだけどさ、試合を重ねるたびに妙な人気が出てきて、今じゃ試合のたびに満員御礼だってさ」

「今日もお客さん、すごく盛り上がってた！」

私はオドを褒める機械みたいになっていた。そんな私の勢いもどこ吹く風のオドは、ふと私に鼻先を近づけてこう言った。

「土の匂いがする」

「え！　お風呂入ってきたのに！」

「それはアドのお仕事の匂いなのよ」とラギが言う。

「どういう仕事？」

興味を示したオドは、二つ結びにした自分の髪をふぁいもと揺らす。

「そ、それはね！」

私は早口で自分の仕事と、それに就くことになった経緯について説明した。

オドは途中で一切口を挟まず、私の話を聞いてくれた。

「どこが口下手だよ」とメイが私に呆れている。

そんな私達の様子を堪能した後、ウルが「久々に全員集まったよね」と言った。

「前に話した自警団《ヴィジランテ》、このメンバーでやってるのよ」

自警団。

私も一度、島に来て早々にその活動の様子を目の当たりにした。あれはすごく危険な仕事だ。

「危なそうだったけど、でもオドみたいな強い子がいるなら少し安心」

「確かに。オドはデビュー以来七戦全勝。だよね？　将来のチャンピオン候補」

そう言ってウルはよく冷えたレモネードをオドの額にくっつけてからかう。

「すごい！」

オドはウルの手を払い除《の》けるでもなく好きにさせたまま、私をまっすぐ見た。

「うん。我ながらすごい。でもアドもすごい」

「えっ。なんで⁉　すごくなくて普通以下ですがっ！」

「普通、花は育てられない」

「それは……たまたま、なんというか」

オドの言葉を受けてモゴモゴしていると、ふいにメイがつぶやいて空を仰いだ。

「オドもアドも頑張ってるんだなー」

「改まってどうしたの？」

「……来週受けてくる。適性テスト」

その唐突な告白にウルとラギが声を上げた。

私はなんのことか分からずまたもやオロオロした。

「テストって、なんの？」

「テストに合格《パス》すれば本格的に計画が始動すると思う」

メイは彼女にしては珍しく落ち着いたトーンでゆっくり話した。録音用のテープになんらかの声明を吹き込んでいるみたいに。ゆっくりと大切に。

「この子《メイ》にはね、夢があるのよ」

「やめてくれよラギ。もっと現実的に目標と言ってくれ」

メイは空を指差して言う。

「あたし宇宙に行きたいんだ」

その言葉はいくばくかの間、私の耳の奥に反響して残った。

その日の雲は高度によって流れる速度が違っていて、これから晴れていくのか曇っていくのか判断のつかない曖昧《あいまい》さがあった。

「衛星都市を造る仕事ってのがあってさ」

衛星都市。

青空の向こう、重力を抜けた先では現在そういう町が建造されているそうだ。

宇宙に浮かぶ都市。そこでは少数のオートロイドが過酷な環境の中で繊細な仕事に就いている。

ただしそれらはメイ達のような心を持たない、人間にとっての本来のオートロイドだ。

けれど近年、一部の人間の発案で、心仕掛けのオートロイドも建設へ参加させようという動きが試験的に始まったのだそうだ。もっとフレキシブルな働きを期待して。

「狭き門だけど、合格すれば人間とロイドの溝も少しは埋まるんじゃないかって言われてるのよね？」

とウル。

「そんな大層な使命を背負うつもりはないよ。だけど確かに厳しいテストだ。それをいくつもクリアしなきゃならない。あたしみたいのが参加することに反対してる勢力はもちろん多いからね。よっぽどでなけりゃ失格させてやるぞって構えてるんだ」

メイの視線を追って私も空を見上げた。

空の向こう。宇宙。

それは私にとってあまりに遠い場所の話で、そんな場所と今目の前にいるメイとを頭の中で紐づけるのに苦労した。

「あたしはあたし自身の性能を上げて、知識を増やして、代えの利かない存在だって人間達に認めさせてやるんだ」

でも、彼女のその決意だけは確かなものとして胸に響いた。

「アド、分かるか？　衛星都市ってこの惑星《ほし》の周りを回ってるんだぞ」

「くるくる？」

「そう。くるくる」

メイと二人で指を立てて空に円を描く。

大きなトラックが苛立《いらだ》たしげにクラクションを鳴らす。

カフェの前の通りは渋滞気味だった。

「メイならきっとうまくやれると思う」

頑張って、とは言えなかった。たぶんメイは私よりもずっと頑張ってきた上で目標を語っている。

「空からでも私達のこと、見分けがつく？」

人間とロイドの見分けはつく？

「どうだろうねー。でも上はずいぶん見晴らしもいいだろうから、見つけてほしいものがあったらなんでも言いな。そうだ、アドが元いた場所も分かるかもしれないよ」

「元いた場所……?」

思わぬ言葉に私はおうむ返しすることしかできなかった。

「だからさ、この島に来る前にいた場所だよ」

「メイ、アドはここへ流れ着く前のこと、すっかり忘れてしまっているみたいなのよ」

フリーズした私の代わりにラギが説明してくれた。

「そーなの? でもさ、少しくらい覚えてないの?」

「わ……分からない……ごめん」

「謝るなよー。ま、なんか思い出したらいつでも言ってよ。教えといてくれたら探すときのヒントになるかも」

メイの屈託のない笑顔。

「うん。ありが……」

「そんな場所、この世界のどこにもないかも」

思わぬ言葉を挟んできたのはウルだった。

「おい、それってどういうことだよ」

その意外な発言にメイが少しムッとした表情を浮かべる。ラギもオドもウルの真意を測ろうとしていた。

「誤解しないで。意地悪で言ったんじゃないから」

「ならなんだよ。アドには戻る場所がないって言ってるようなもんだぞ、それ」

「いい？　これは私の勝手な妄想みたいなものだからね？」

「改まってどうしたの？」

ラギも興味を示して椅子ごとウルの方に向き直る。

「確かにアドは海を漂ってこの島に流れ着いた。でも私、本当のアドはどこか遠い、ここじゃない違う別の世界から来たんじゃないかって思ってる」

そこまで聞いてもまだ私の戸惑いは消えなかった。

本当の私？

「ここだけの話だけど、アドって最初に私と会ったときこう主張してたのよ。私は人間なんだ！　って」

「それはまた」

面白い話だというようにオドが目を丸くする。

「でしょ？」

ウルがチラッとこっちを見る。

「あれは……まあ。でもウル、別の世界って……？」

答えを濁しつつ代わりの質問を返す。

「そうね、例えば……こっちとは太陽の色もずいぶん違ってて、オートロイドなんてものも存在しない、戦争もこの世界ほど頻繁には起こらない、そんな世界。そんな惑星」

「なんだそれ！　全然分かんない！」

彼女なりに想像しようとしていたみたいだったけれど、結局メイはギブアップした。

「だから私の勝手な妄想だってば。毎日アドと接してるとなんとなくそんな気がしてきたって話」

「でもそれ、少し分かる気がするわ。アドってそう感じさせる不思議な部分がある」

メイとは対照的にラギはウルの妄想的仮説を支持する。

「ほら、歌を作れたり、花を育てることができたり、ね？」

「そういうこと。もしかしたらアドの古い記憶っていうのか、魂みたいなものはよその世界からこっちに流れ着いて、今のアドの体を選んで宿ったんじゃないかって、なんだかそう思えてくるのよ」

「ウルってすごいこと考えつくんだね」

そう言葉を漏らしたオドに私も全面的に同意する。確かにすごい想像力。

「だからね、なんとなくアドはまたいつかはその本来いた世界に帰っちゃうんじゃないかって気がしてる。元の世界でやらなきゃいけないことがあるって言い出して、それである日ふらっとね。でもそのある日っていうのは、この島をすっかり花でいっぱいに満たしちゃった後なの。それってなんかかっこよくない？」

「かっこいい……のかな？」

そう言われてもまったく自分の話という感じがしない。

「……それで？　え？　それでお別れか？」

メイが話の続きを気にしている。

「最後まで聞いて。それでね、アドがいなくなっちゃった後、私達は協力してアドがいる世界へ行く方法を考えるの。魂だけでも追いかけていけないかって、毎日毎日頭を悩ませてね」

「そんな方法あんの？　オドのパンチで空に穴を開けるとか？」

メイがオドを指差す。差されたオドは自分の拳と空とを交互に見ながらポツリとこう言った。

「練習しとく」

「ともかくなんとかして私達はアドのいる世界に渡るんだけど、アドがそうだったように、私達は向こうの世界で別の体に宿ることになるから、名前も姿もちょっとずつ変わってるの」

「ボク達、今度は人間にでもなってるの？」

「そうかもしれないし、もっと別な形の存在かもしれない。それでそっちの世界ではアドは普通の……ちょっと内気な子として暮らしてるんだけど」

「それだとあんまり今と変わらないような気がするけれど」

ラギ、率直すぎるよ。

「ちょっと内気で、でもやっぱり歌うことが大好きな女の子だよ。そんなアドのところに私達が順番に訪ねていくの。久しぶり！　アンタはなにもかもすっかり忘れちゃってるかもしれないけど、なにかやるつもりならまた力を貸すよ！　ムカつくヤツがいるなら片づけてあげる！　ってね」

ウルの話しぶりのせいだろうか、それともこんな空模様だからだろうか。なんだかそれは――それはいつかどこかで本当に起こりえそうなことのように思えた。

「とまあ……そんなところ」

と、最後にウルは少し照れくさそうに笑った。

「うん。そうなったらきっと楽しいね。でも、そんなところに帰らなくったって私はこの島にいて……」

そのときだった、今しがた走り抜けていったトラックが前触れもなく宙を舞った。

私は思わず身をかがめた。

「なんだ!?」

いち早くウルが立ち上がる。

トラックは空中で三回転してから道路に落下した。

地響き。揺れるグラス。

通りの向こうで誰かが叫ぶ。

「錆付き《ラスティ》だあ！」

瞬間、私以外のみんなが互いに目配せしたのが分かった。

「またか……最近増えてきたわね。行こう」

ウルが立ち上がる。

「もしかして前みたいに……？」

「ずいぶん暴れてるみたい」

ウルの表情を見てすぐに分かった。

また暴走ロイドが出たらしい。

みんな次々に席を立つ。

大人しいラギも一緒に行くというので私は驚いた。

「ラギ、平気なの？」

「アド、知らないの？　ラギはいざとなったら一番無茶するんだ」

「ラギがっ？」

オドにそう聞かされて素《す》っ頓狂《とんきょう》な声が出てしまった。

当のラギ本人は肩をすくめただけで特に否定もしなかった。

女の子は見かけによらない。

そうして私が一人で呆然としている間にみんな通りの向こうへ駆け出してしまった。

「待って！　わた、私も！」

なにができるわけでもなかったけれど、後を追いかけた。


騒ぎの中心に到着したとき、すでにそこは嵐の後みたいな状態だった。車がひっくり返り、お店の窓ガラスが軒並み割れていたりで、近づくのもためらわれるような状態だった。

その被害の中心に錆付き《ラスティ》はいた。

姿を見るなりウルはつぶやく。

「完全に侵食されてる」

そのロイドは元の形が分からなくなるほど全身が錆に覆われていた。ゴドのときとそっくりだ。

錆のせいで体は普通の倍ほども膨れ上がっていて、もう誰にも手がつけられないように見えた。

「私が注意を引くよ」

それでもウルはためらう素振り一つ見せずに飛び出していった。

あっという間に距離が詰まる。

「こっちこっち！」

ウルはわざと挑発するような言葉を投げて自分に注意を向ける。

ところが錆付き《ラスティ》はそんなウルを素通りしてしまった。

交差したウルが慌てて立ち止まる。

「わったた！　ちょっと！　こっちだってば！」

そのまま錆付き《ラスティ》が向かった先は——。

「わた……私⁉　待っ！」

露店を跳ね飛ばしながら、巨体がどんどんこっちに迫ってくる。

怖くて体が動かない。

目が合った。

錆に埋もれた悲しい目。

その目を見た瞬間、私は脇腹に焼けるような痛みを覚えた。

「アド！　しっかり！」

横からラギが割って入る。彼女の声で我に返った。

錆付き《ラスティ》の恐ろしい腕が私の体を掠める。

「うっ！」

それだけでも私の体は後方に跳ね飛ばされ、停車していたバスに激突した。

「止まりなさい！」

なんとラギはすぐ近くにあったバス停の看板を引っこ抜き、それを錆付き《ラスティ》のお腹に叩き込んだ。

錆付き《ラスティ》がよろめく。

「ボーッとするなよ！」

私とラギの頭上を飛び越えて、メイが錆付き《ラスティ》に挑みかかる。

オドもそこに参戦して、リングの上で見せた以上の的確な打撃を相手に与えていく。

「動かないように押さえてて。ボクが歯車を抉《えぐ》り出す」

「一発でやって！」

ウルが錆付き《ラスティ》の巨体に飛びかかり、相手の動きを止める。

そのほんの一瞬の隙に、オドが野生動物みたいに無駄のないステップで錆付き《ラスティ》の懐に潜り込んだ。

「ごめん」

金属同士が擦れ合うような鋭い音がして、彼女の拳が錆付き《ラスティ》のボディに突き刺さった。

錆が鱗粉みたいにあたりに飛び散る。

一方で私は――立っていられない状態になっていた。

強く跳ね飛ばされたから？

違う。

体の内側から熱が込み上げてきて、それが今にも破裂してしまいそうだったからだ。

これはダメージとはまったく別のなにかだ。

よく分からない衝動が中から膨れ上がってくる――。

内側から。

「う……」

それでも立ち上がろうとして必死に歩道の鉄柵に摑まった。

そうしたら指先にバターが触れた。

……バター？

「アド、大丈夫か!?」

気づくと、目の前にみんなが立っていて、心配そうにこちらを覗き込んでいた。

遅れてあたりの様子に気づく。

錆付き《ラスティ》は胸に大穴を開けて動きを停止していた。

そのかたわらにオドが立っていて、彼女は右手にボロボロになった原初の歯車《コア》を握りしめていた。

後ろ姿なのでオドの表情は読み取れない。

「立てる？」

ラギがこちらに手を差し伸べてくる。

私はその優しい手をしばらく見つめた。

「……アド？」

私はその手を取らず自分の力で立ち上がった。

いつの間にか体の内側の激しい熱エネルギーはどこかに消え去っていた。

「ありがとう。大丈夫。その、足引っ張ってごめん……」

「気にすんなって」

メイが優しい。それがまた私の罪悪感を刺激する。

「ああ！　もう！　私の意気地なし！　情けない！　消えたい！」

「あーあ、またアドの情緒が壊れちゃった」

「またって、ウル、いつもそう思ってたの⁉」

「ワハハ」

「いや、ワハハではなく！」

私はみんなに心配をかけまいとなるべく大きな声で抗議してみせた。

さっき自分が必死になって摑まった鉄柵をそっと横目で見る。

そこにラギの手を摑めなかった理由があった。

鉄柵は熱でドロリと私の手の形に溶けていた。

フライパンの上のバターみたいに。

自分嫌いの行進

新鮮な太陽が町全体に光を染み込ませる。

その気配を感じ取ると静かにベッドから抜け出して庭に出る。

なにをするってわけでもない。家の周りを一周して海を眺めるだけ。たまにオナガリュウのうろこを拾うこともある。

それからもっとたまに見張り台の上に一人でこっそり登って上から町の朝を眺めたり。

そうこうしていると寝坊助《ねぼすけ》のウルが目を覚ますので、二人で朝食を取る。

皿洗いと洗濯を手分けしてやっつけて、八時過ぎには二人で家を出る。途中まで一緒に歩いて、決まった場所で別れる。

私はラギのマンションへ。

ウルは診察と修理を待っているロイド達の元へ。

それが私の一日の始め方。


ツキミソウ、カンパニュラ、ブッドレア、ヒマワリ、ブルーサルビア。

庭園に植えた植物にはそれぞれ場所ごとにしっかりと名札を立ててある。

でも、どの種もまだ芽を出さない。

この世界が信用に足るものかどうか、土の中から様子をうかがっているのかもしれない。

その日は区画ごとにきれいに区切ってレンガを並べる作業に没頭した。

マンションの階段を何往復もしてレンガをせっせと無心で運ぶ。

途中、階段で三回も転んだ。

すべてを運び終えた頃には空はもうずいぶん暗くなっていた。

体中の泥を払いながら一階に降りるとラギがソファに寄りかかって眠っていた。

博物館の仕事を終えていつの間にか帰ってきていたんだ。

彼女の眠りは風のない日のカーテンみたいに静かだった。

起こさないようにそっと洗面所に行って水道を借り、泥だらけの手と顔を洗った。

顔を上げ、鏡に映る自分に言い聞かせる。

――あの子達が芽を出したら、なにがあっても水やりは怠《おこた》らないようにしよう。

そうでないと申し訳が立たないような気がした。

なにに？

仕事をくれたラギに？

それもある。でもそれだけじゃない。

なかなか芽を出さない花は、私と同じだ。

自分の意志とは関係なく新しい世界に放り込まれて、右も左も分からず不安でたまらない。けれどどんなに不安でも、芽を出してしまったからには動き出さなきゃならない。

私がまさにそうだった。

でもそんな私にウルが水をくれた。

メイもラギも、オドだってそうだ。

だから今度は私も――。

そのとき、刺すような熱い痛みが体に走ってたまらず体を折り曲げた。

「う……熱《あつ》……！」

痛みの出どころは——左の脇腹だった。

服の裾を捲《まく》って確かめてみると、そこにはこの島に来た当初からついていたあの痣があった。

でもそれは最初に見たときとは形も大きさも変化していた。

「き……昨日まではこんなじゃなかったのに……」

ああ……。

もう、気づかないふりはできなかった。

痣なんかじゃない。

これは紛れもなく錆だ。

ロイド達を侵食して暴走させているあの恐ろしい錆。

必死に見て見ぬふりをしてきたけど、本当はどこかで分かっていた。

これは錆なんだ。

そしてこんなものが浮かび上がる私は、やっぱりロイドなんだって。

人間は錆びたりしない。

鉄柵を手でドロドロに溶かすなんてこともできない。

震える指先でスイッチに触れる。パチッと鋭い音を立てて洗面所の電灯がついた。

私は袖を捲り上げた自分の左腕を見つめる。

そこにも別の錆が発生していた。

——いつの間に……これもこないだまではなかったのに。

今日一日の行動を振り返ってみたけれど、原因は特定できなかった。

「増えてきてる……」

錆付き《ラスティ》に襲われた日。もしかして、あの日がなにかのきっかけになっているんだろうか。

ううん。そもそも原因だとか理由だとか、そんなものはないのかもしれない。病気って大抵そういうものだ。昨日まで元気に咲いていた花だって、ある日突然病に枯らされることもある。

暴走する錆付き《ラスティ》。

もしもこのまま体が錆び続けていったら――私もあんなふうになるの？

自分を失い、あたり構わず襲いかかる存在に。

パーツを交換したら直ったりしない……かな？

きっとダメなんだろうな。

そんなことで直るならウルがとっくに実行しているはず。

もし試すにしても、そのためにはこの錆のことを洗いざらいウルに話さなきゃならない。

この錆のことはまだウルにも、誰にも打ち明けられていないのに――。

……待って。

そもそも交換ってなに？

今私、パーツの交換って言った？

自分の体の？

私は早くも自分の体に対してロイド的なものの考え方をしていることに気づく。

脇腹の痛みが引くと、今度は膝小僧の違和感に気づいた。

見ると、傷ができている。

きっと階段で転んだときに擦りむいたんだ。

血は――出ていない。

裂けた皮膚から覗いているのは、冷たい金属外骨格だった。

「アド……？　どうしたの？」

いつの間にか洗面所の入り口にラギが立っていた。眠そうに目をこすっている。

「私、眠ってしまって……」

「起こしてごめんね。私も終わったから、仕事。今日は帰るね」

「そう？　ねえアド、よかったらお茶でも……」

私はラギを避けるようにして急ぎ足でマンションを出た。

外へ出てみるといつの間にかシトシトと雨が降りだしていた。

＊

雨に濡れながら家に戻ると、キッチンにウルがいた。

彼女も私と同じで雨に降られたらしく、長い髪がしっとりと濡れていた。

「アド、お帰り」

「うん」

「雨、お互いやられたね」

「うん」

「今風呂入れたとこ。来て。順番待ちも面倒だし、今日は一緒に入ろう」

ウルがいつもの調子で近づいてくる。

「ほら、そのずぶ濡れの服、脱いじゃって」

「ダメ」

私は咄嗟にウルから距離を取った。

そんなことしたくなかったのに。

でも、服を脱いだら見られてしまう。

錆――錆――錆――。

今まではうまく隠してきたつもりだったけど、これからもそうできるとは限らない。

お互いに黙り込み、なんとも言えない重さの沈黙が広がった。途端に冷たい雨の音が部屋の中にまで入り込んできた。

ウルは一分近く経ってからこう問いかけてきた。

「なにかあった？」

「……ない」

あった。

「なら、ここが嫌になった？」

「そんなことない」

ないよ。絶対ない。

「だったら……」

ウルがもう一度私の手を取る。

瞬間、無残に溶けたあの鉄柵が脳裏をよぎって――怖くなった。

「危ない！」

「危ない？　危ないってなに？　アドと手をつなぐとなにかまずいの？　雨の代わりにいきなり隕石が降ってくるとか？」

「そうじゃなくて……そういうんじゃ、なくて」

分かってる。

打ち明けてしまった方がいい。

錆のことも、あの不思議で危険な力のことも。

だけど、それを言ったら。言っちゃったら、全部終わってしまいそうで——私はそれが怖い。

ギュッと拳を握る。誰も寄せつけない貝みたいに。


ゆうべの雨の気配も翌朝にはすっかり遠のいていた。

屋上庭園の土はしっとりと水気を含んでいて、掬《すく》い取ってみると豊かな重みを手のひらに感じることができた。

だけど、私はなんの作業にも取りかかれなかった。

そしてそのままなにもできないまま、屋上で何時間も過ごした。

ゆうべウルには結局何も打ち明けられなかった。

その気まずさから、今朝はまだ薄暗いうちから家を出た。ウルとは顔を合わせていない。

この屋上へ上がるときも、ラギの部屋を素通りしてしまった。

私はダメだ。

きっとこれが私のダメなところだったんだろう。

嫌なこと、怖いことから逃げるばかり。

元いた世界でもそんな子だったに違いない。

逃げて避けて遠ざけて——。そんなことをしているうちに、きっと錆はどんどん私の体を侵食していくんだろう。

バカ。おたんちん。こんなだからおまえは錆なんかに目をつけられるんだ。

暗い気持ちのまま庭園を眺める。

それで——気づいたことがあった。

「……ん？」

土の中からなにか小さなものが顔を出している。

思わず身を乗り出して確かめる。

「あ……」

それは芽だった。

紛れもなく。

よく見ると、芽はあちこちに点々と顔を覗かせていた。

「そっか……。出てきたんだ……」

この世界に。

それは明らかにいいことの前触れみたいな出来事だったのに、喉からこぼれ出た声は情けないほど暗い色合いをしていた。

あれほど待ち侘《わ》びた、待望の瞬間だっていうのに——。

どうして？

一足先にこの世界に招かれた者として「ようこそ！」と笑顔で言ってあげられないのは。

「元気、ないね」

突然声をかけられて顔を上げると、目の前にオドが立っていた。

「オド！　どど、どうしたの？」

思わぬ訪問者にドギマギした。

土で汚れた手を払って慌てて立ち上がる。

「……ジョギングの途中で寄ってみた。いるかなと思って。ジャマだった？」

「そんなこと、ない！　ちょっと休憩しようかなって思ってたとこ！」

反射的に自分を取りつくろう。いっそ自暴自棄になって誰彼構わず遠ざけることができれば楽なのに、それをする度胸もない。

「休憩？　ボクも。じゃ、ちょっと歩く？」

そう言うとオドは私の答えを聞くよりも早く屋上を降りていってしまった。


マンションを後にして歩道をサクサクと進むオドを追いかける。

言葉数こそ少なかったけれど、オドは雑踏の中では必ず私と逸《はぐ》れないように気を使ってくれた。

そのまま私達はなんとなく海辺に出た。

L字になった防波堤の先まで歩き、二人で限りなく無言に近いひとときを過ごした。

「今日は波が静か」

「オドはここ、よく来るの？」

「それなりにね」

防波堤の端にしゃがんで海の底を覗いてみる。日差しの角度の問題か、海は暗く陰っていてなにも見通せなかった。

海面に映る浮かない私の顔。その隣に、腰に手を当てて立つオドの姿も映っていた。文句のつけようのないくらいに均整の取れた立ち姿だった。

一瞬、水面越しにオドと目が合ってしまって私は慌てて視線と話題を逸らした。

「海の底にはなにがあるのかなっ」

「サンゴ礁、べへモスのあごの骨、旧時代の硬貨」

すぐに的確な答えが返ってきたので一層戸惑ってしまった。

「知ってるの？」

「ううん。ボクは見たことない。でもときどきそういうものが引き揚げられるって」

「そうなんだ。すごいね」

「それから本」

「本……？　海の底に本？」

「らしいよ。どうしてだか分からないけど、たまにあるんだって。他は錆だらけの遺物ばかりだよ。大昔に人間が沈めていったものらしい」

「そう……なんだ」

私は防波堤の端に座り込んでそこから足を放り出した。

錆だらけ――か。

「なにか、嫌な気持ちにさせた？」

「そんなことない！」

咄嗟に怒っているみたいな声が出てしまって、うろたえた。

「ごめん……。今、ちょっと自分が嫌で」

「自分が嫌」

私の言葉をオドが繰り返す。同じ言葉なのに、彼女が言うとまったく違った響きに聞こえる。同じ洋服でも着る人が違うとサマになって見えるみたいに。

オドはまたしばらくの間無言を貫いた。

そして充分に沈黙を聞かせた後でこう切り出した。

「あのねアド、キミって魅力的な子だと思うよ」

「うん………ええっ⁉」

びっくりしすぎて海に落ちかけた。

「ボクらはみんなキミを放っておけないんだ。ウルもメイもラギも、この頃会うといつもアドのこと、話してる。この前こんなことを言ってたとか、こんな失敗をして情けない顔してたとか」

「えっ……そっ……ひえ……」

飾り気のないオドの言葉。それが私には猛烈に気恥ずかしかった。

それでもオドは淡々と続ける。

「ある日この島に現れたキミは、するりとボクらの中に入り込んじゃった。そしてとても心地のいい場所にちょこんと座って、興味津々でボクらのことを見つめてきた。そして気がつけばボクらもキミに興味を持ってた。たった一人でこんなにすごい庭を造り始めてしまったアドっていう女の子に」

「や……ちょっと、もう、それ以上は……うひぃ」

私は体をロールケーキみたいに丸めて羞恥心に耐えていた。

今までこんなふうに率直に褒めてもらったことなんてない。

「ボクはそれを言いたかったんだ」

「……オド、もしかして今日は私を心配して？」

「どうだったかな。でも、さっき町でラギと会って、なんとか元気づけてやってくれって言われた、かも。様子がヘンだったからって」

「ラギが……」

「そういうの苦手なんだけどって言ったら、すごく怖い顔で睨まれた。怖かった」

それはオドなりの冗談だとは思うけれど、それにしては本気で怖がっているような様子だ。

「アド、キミは頑張ってるよ。新しい命を育てるなんて難しいことをよくやってると思う。ボクなんかはほら、叩いて殴って――壊してばかりだから」

オドは自分の拳を色んな角度から眺める。せめて少しでも優しく見える角度を探そうとするみたいに。

「人間もそうだ。ロイドであるキミが命を育てる一方で、今世界の多くの人間は壊すことに躍起になっている。もともとあるものを壊して、そこに別のものを置こうとしてるんだ。各々にとって都合のいいものをね。そしてここ最近じゃとうとう王国本土も壊されようとしてる」

「え……そうなの？」

「知らなかったの？　そっか。それもアドらしいね」

王国。私の知らない、どこかの国。

その風景を想像しながら、私はあてもなくいずこかの方角を眺めた。

話がずれちゃった、とオドはつぶやく。

「ううん。もっと聞かせて」

「そう？」

「うん」

「あのね、この島を保有している王国は西の帝国と争ってるんだよ。戦争ってヤツ。ずいぶん長い間均衡状態が続いていたんだけど……最近になって戦局が変わったんだ。帝国軍がいよいよ王国侵攻に本腰を入れつつあるって。王国本土から離れたこの島じゃ実感が湧かないかもしれないけど、争いごとは世界のどこかで常に起きてるんだ。そしてそのヘンテコな競い合いは、いよいよボクらにとっても無関係じゃなくなりつつある」

オドは握りしめた拳を上着のポケットの中に突っ込んだ。男の子みたいにぶっきらぼうな仕草だった。

「これもアドは知らないかもしれないけど、ここのところ島のロイドも毎日少しずつ減り始めてる。ボウリングのピンが倒されて向こうの闇に飲み込まれていくみたいにね」

「どうして……？」

「国王軍がときどき島にやってきて、戦闘に適性のあるロイドを捕まえて連れていっちゃうんだよ。兵隊が足りなくなってきてるからって」

「それって……」

「つまりロイドも兵隊……いや、兵器として戦線に送り込まれ始めてるんだ」

「ひどい！　自分達でロイドのことを追いやってこの島に閉じ込めたのに！」

「本来オートロイドは人間がやりたがらない仕事を遂行するために製造された。だから戦地へ送られることも不自然な話じゃない。本来の形なんだ――っていうのが人間側の主張」

それは、なんだかとっても嫌な気分になる話だ。

オドはそこでいったん言葉を切ると、そこに間違いなく地面があるということを確認するみたいに踵《かかと》で地面を二度蹴った。

そのとき突然耳鳴りのような音がした。

不思議に思って空を見上げると、戦闘機が一機、まっすぐに雲間を突っ切っていくのが見えた。どこへ行くのか私には知る由もない。

「ごめん」

「どうしてオドが謝るの?」

「余計な無駄話ばっかりで、ボク、やっぱりうまくできなかった。誰かを励ますときのマニュアルなんて、ボクの中にはないから」

そう言うとオドは悲しそうに下を向いてしまった。

そんな顔しないで。

そう言って抱きしめてあげたかった。

独りぼっちのハーニエル

オドと別れた後も私は一人で海沿いを歩いた。歩き続けた。

だけどあの屋上に戻ることも、ウルの家に帰ることもできなかった。

それで結局触角を折られた昆虫みたいに、フラフラと不恰好にエルゥエル島を放浪した。

本当はゆうべ、ウルに触れたかった。

ラギの膝枕で眠りたかった。

オドをギュッと抱きしめたかった。

でもできない。

私の中の正体不明の熱——。

触れればあの、なにもかもを溶かしてしまう恐ろしい熱が、友達を傷つけてしまうかもしれない。燃やし尽くしてしまうかもしれない。

考えたくないことが頭の中を埋め尽くす。

そんなすべてに蓋をして忘れようとするみたいに、私は無心になって砂浜に足跡を残した。

もともとほとんどの物事を忘れているっていうのに、これ以上なにを忘れようっていうの?

私が私を嘲笑《わら》う。

やがて浜が途切れた。

顔を上げると、その先に初めて見る建物が見えた。

西の空に浮かべた雲みたいなクリーム色の建物。

それが沖の海面からちょこんと頭を出している。

「建物が海に沈んでる……」

知らない場所の知らない建物。でも、心当たりはあった。

前にウルから聞かされたことがある。南東側の海沿いに地盤沈下で海に沈んでしまった古い建物があると。

「そっか……これが」

スクール――ウルはその建物のことをそう呼んでいた。

ここは昔、まだこの島に人間達が住んでいた頃、子供達の学びの場として使われていたらしい。

話を聞いて以来、一度ゆっくり見てみたいと思っていた場所だ。

私は海面から突き出た瓦礫《がれき》の上を飛び移り、五階の窓からスクールの校舎に立ち入った。

四階までは完全に海の中に沈み、五階の床も膝の高さまで水が張っていた。

おまけに建物自体も斜めに傾いている。

廊下にはボロボロになった写真が飾られていた。

ヘンテコなガスマスクみたいなものを顔につけた子供達が校庭で並んで立っている。まだ水に沈む前の光景だ。

「どれくらい昔の写真なんだろう……」

その隣には生徒の誰かが描いたらしい、つたない絵も飾られていた。

島を離れていく船に手を振る子供達の様子が描かれている。

タイトルは『おわかれ』。

校舎の中は濃い潮の香りが漂っていて、昼間だというのに薄暗い。

「そっか、さすがに電力の供給もストップしてるん……ぎゃっ」

油断していたらぬかるんだ床で足を滑らせて思い切りこけた。床でバウンドするくらいこけた。

「あれ……？」

浸水した水の底には長い年月の間に砂や微生物の死骸が堆積している。転んだ拍子に、そこに自分以外の誰かの足跡を見つけた。

「他の人も来てる……？」

物好きな――と言いかけて、自分こそその物好きだと気づく。

「こっちは……」

五階からさらに上へ続く階段を見つけた。

「わっ」

ドアを開けて屋上へ出ると、そこで羽を休めていたオナガリュウ達が一斉に空に飛び立った。

「びっくりした……！」

突然やってきた私のせいで飛び立つことを余儀なくされた彼らは、それでもよっぽどこの場所を気に入っているのか、それとも私と一緒で他に行くあてがないのか、上空で思い思いに旋回して訪問者が去るのを待っている。

「キミ達、ジャマしてごめんね」

空は目を疑うほど深い青色をしていた。

屋上の隅には古いグランドピアノが一台置いてあって、夏の日差しを反射させていた。

どこかの階下にある音楽室が水没し始めたときに、誰かがここに避難させたのかもしれない。

あるいはピアノが自分で勝手に？

バカな妄想をしながら気まぐれに鍵盤を押してみた。真ん中のあたりのラの音が出ない。

そっか。欠けてるんだね。

屋上の端っこから海を眺める。

海水は驚くほど透き通って見えたし、冷たくて心地よさそうだった。

そうしていると私は突然自分でもよく分からない衝動に駆られた。

発作的に服を脱ぐ。そんな必要もないのにとても大急ぎで。

下着とタンクトップという姿になると、私は恐る恐る中庭の海に向かって飛び込んだ。

飛び込むなんて、十秒前まではそんなつもりは欠片《かけら》もなかった。ただ屋上を見てまわって、すぐに戻るつもりだった。

それなのに――。

水しぶきが飛ぶ。

海水に抱きとめられたような感覚。

飛び込んだ瞬間の泡が視界を遮る。それがもどかしくて、すぐに水をかいて泳ぎだした。

視界が開けたかと思うと、すぐ目の前を小魚の群れが横切っていった。その向こうには大きな亀も。

ろくに泳ぎなんて知らなかったけれど、いろいろ試しながら体を慣らしていった。

一階の教室の窓から平べったい魚がゆっくりと出てくる。

部活の道具がしまわれていたに違いないロッカーは、今では色んな生き物達の棲家《すみか》になっていた。

私は一度海面に顔を出して、仰向けのまま空を見た。

さっきのオナガリュウが数匹、まだ上空を旋回している。雲はなく、風もない。

この機械の体はもしかすると飛び込んだが最後、海の底へ沈んでいく一方なのではとも想像していたけれど、平気だった。

浮かび上がってこられないことはないらしい。

ぷかぷか漂いながら、私は誰に贈るでもない歌を思いつくままにハミングした。

そしたら自分でも驚くほど物悲しいメロディになってしまった。

歌いながら緩い波に揺られる。

ふいに——なにかが背中に当たった。

驚いて下を見ると、海中に大きな半透明の生き物が漂っていた。

「ハーニエルだ！」

博物館の本で見たことがある。

全長およそ五十メートル。

確か、思考を持たない環境浄化生命体だって紹介されていたっけ。

大昔の生体実験の果てに生み出されたものの、形を持たず膨れ上がり続けるハーニエルをもはや制御することができずいつしか放置されたのだとか。

おまけに煮ても焼いても刻んでも死ぬことのない不死のハーニエルは、理論上あるとされているいいいいいいい自らの寿命が尽きるのを永劫《えいごう》待っているとも言われている。

実物のハーニエルは本の絵で見るよりもずっときれいで柔らかそうだった。

透けて見える体の奥底で星座みたいなものが絶えず瞬《またた》いて動いている。

ハーニエルは無数のヒレをゆっくり動かして、私の真下を通り過ぎていく。

泳いでいるというよりもほとんど漂っていると言った方がいい。私と同じだ。

リーン

その独特の流れるようなシルエットに見惚《みと》れていると、私の耳に音が触れた。

耳鳴りかと思ったけれど、そうじゃなかった。

リーン　ルーン

続けて聞こえてくる。

それは目の前のハーニエルから聞こえてくる。

そういえばあの本にはこんなことも書いてあった。

『成熟した雌のハーニエルは歌を歌う。とても長い歌を』

これがハーニエルの歌なのかもしれない。

もともとそんな機能は備わっていないはずで、ハーニエルがなんのために歌うのかは不明——そう説明書きにはあったけれど、私にはなんとなく分かった。

彼女は愛を得るために、あるいは愛を伝えるために歌っている。

もしかすると別のことにも使っているのかもしれないけれど、私はそう思うことにした。

私はそのまま漂うハーニエルと追いつき追い越しをしながら、しばらくの間をそこで過ごした。

大きく穏やかなその生き物は私を追い払うでもなく、好きにさせていた。

途中、何度か彼女と目が合ったような気もした。

水の中でその目をじっと覗き込む。悲しそうな目をしている。

でもそれは実のところ、彼女の大きな瞳に映った私自身の顔、私自身の瞳の色を見て無意識にそう感じていただけなのかもしれない。

しばらくするとハーニエルは巨体をひるがえし、校舎の隙間からゆっくりと大海へと帰っていった。

ここにも仲間はいなかった。

私にそんなふうに思わせる速度で。

私も戻ろう――。

引き返しかけたとき、ハーニエルと入れ違いに水の中をこっちへ泳いでくる誰かの影を見つけた。

海面からの光をその体に受けて、わずかに発光しているようにすら見える。貴重な鉱石を連想させる光だった。

泳ぐ人。それはメイだった。

水中で彼女は一瞬私の方を見て、それからさらに海底深くに潜っていった。

なんて美しい泳ぎ方だろう。


私は一足先に校舎の屋上に戻って服を着込むと、メイが上がってくるのを待った。

やがて海面に顔を出したメイはすぐに私を見つけて照れくさそうに笑った。

「まさかアドに見つかっちゃうとはね」

「ごめん」

私はささやくように謝った。なんとなく、メイの秘密を暴いてしまったような気がして。

私達は屋上のグランドピアノに寄り添うようにして座った。

「ここ、よく来るの？」

「んー？　ま、それなりに」

誰かさんと同じ答えだ。

メイは濡れた髪を大雑把《おおざっぱ》にかき上げる。

「沈んじゃいたくなるんだよ」

それは世界中の誰にも届かなくたって構わない、というような小さな声だった。

見上げると夕暮れはずいぶん近くまでやってきていた。それは母親が居眠りをした子供にそっと毛布をかけてやろうとするときのような、静かで確かな移り変わりだった。

「そう言うアドはなんだってこんなとこにいるんだよ。泳いでるし」

真似した？　とメイは意地悪そうな顔を作って私のことをつついた。

「違うよ。その…………笑わない？」

「笑わない」

「えっとね……体を、冷やしたくって」

「は？」

「だから、水に入ったら冷えるかなと思って」

「なんだそれ？　熱でもあるの？　調子悪いならウルに診《み》てもらえよ」

「そういうんじゃないの！」

「いたー！」

私はさっきの反撃の意味を込めてメイの剝き出しの背中を叩いた。ピシャリといい音がした。

「熱なんてないよ」

ううん。

うそ。

熱があるんだよ。どうにもできない熱が。

私はそれを冷まして、鎮めて、忘れてしまいたかったんだ。できるはずもないのに。

「怒んなよう」

メイは背中をさすりながら次の話題を探している。

「えっと……じゃあ、あれだ、庭はうまくいってる？　えっと……」

けれど言い淀んですぐに下を向いた。沈黙が訪れる。

私はなにも言わず彼女の言葉の続きを待った。

少しするとメイは再び口を開いた。

「花は咲いた？」

ああ――シンプルできれいな言葉。

その言葉を探し当てるために今の沈黙があったんだとしたら、それは充分に有意義なものだったと言っていい。

「まだ、咲かない。植えたばかりだから。でも芽は出たんだよ」

「そっか」

「いろいろ植えたんだよ。種子、苗、球根」

数え上げるように例として挙げてみせた。

「種子、苗、球根」

メイはそれらをリズムに乗せるように復唱してからまた少し黙った。

なにかに名前をつけようとしている人が、いくつかの候補から一つを選び出そうとしているみたいに見える。それも、とびきり重要ななにかの名前を。

「それからね……」

言いかけて私は、自分が庭園や花の世話から逃げ出していることを思い出して息苦しくなった。

咄嗟に話題を逸らそうと適性テストについて尋ねてみた。今日の私は逸らしてばかりだ。

「テスト、受けたんだよね？」

「受けたよ」

「どうだった？」

「結果が出るのはずいぶん先だよ」

それきりメイはしばらくの間黙り込んでいた。会話の有効期限が切れるのを待っているみたいだった。

それから今しかないというように「なあアド」と言った。

「例えばの話なんだけど、オレンジの種をパインの実の中に埋め込んだとしたら、いつしかその種は自分をパインだと勘違いしたりはしないかな？　結局はオレンジの実をつけることになるんだとしてもさ、その子は自分をパインだと信じて芽を出す。見た目も味も関係ない。その子はパインとして芽吹く。そういうことって、ないかな？」

私はピアノの脚の、ささやかなくびれのあたりに視線を注ぎながらメイの言葉を聞いていた。

「それでさ、もしかして本当にパインの実をつけるなんてことも……そういう……ああ、あたしなに言ってんだろ！」

メイは勢いよく話していたけれど、最後には言葉を詰まらせて言葉を放り出した。

「悪い。たまーにね、こういうヘンなこと考え込んじゃうんだ。忘れて」

「忘れないよ。必要だと思う。そういうの」

他に適切な言葉は思いつかなかった。

「ホントに？　そう思う？」

メイが軽く腰を浮かせる。私の返答が思いの外彼女のツボを押したらしい。

「あたし思うんだよ。考えるってことの意味。みんなさ、考え込んだり悩んだりすることをまるで『停滞してる』かのように捉えるだろ？　クヨクヨするな、情けない！　って。こう、考え込むイコール暗ーくなる、みたいな感覚でさ。分かる？」

私は少し考えてからうなずいた。

「だから答えの出ないことに対して考え込むことを避けようとするんだよな。意味ないし、精神的によくないからって。無駄なんだって。でもあたしはそれって違うと思うわけ」

「メイ」

「そりゃさ、あれこれ考えないでやった方がいいって場面もあると思うよ？　でもさあ」

「メイ……」

「ん？」

「ごめん……さ、寒いかもも……」

「体冷えちゃってんじゃん！　ちゃんと拭《ふ》かないから！」

「ひー……！」

私達は体をさすり合いながら屋上を後にした。

「ったくバカだよなあアドは」

そっと盗み見たメイの横顔は相変わらずきれいだったけれど、本当のところ彼女がなにを考え込んでいたのかまでは読み取れなかった。

――オレンジの種をパインの実の中に。

そこにはなんらかの示唆が忍ばせてあったのかもしれない。けれど大抵の場合、示唆なんてものは後々になってからでなければ気づけないものなんだ。

＊

メイとは校舎の前で別れた。

それから私はまた歩いて歩いて歩き続けた。すっかり夜になって行き場を失うまで。

それで結局、吸い寄せられるみたいにラギのマンションに戻ってきてしまった。

でも立ち寄って中に入るつもりはなかった。ただ、外から彼女の部屋にちゃんと明かりがついていることを確認したら立ち去るつもりだった。

だけど辿り着いてみると、入り口の階段の前にラギが立っていた。

彼女はそこに姿勢よく立ち、じっと私を待っていた。なぜかそう確信できる佇《たたず》まいだった。

「屋上にいなかったから、心配したわ」

ラギはそう言って私を中へ招いた。

部屋に入ると彼女は小さなランプを一つだけ灯《とも》して、ソファに腰を落ち着けた。

「アド、こっちに座ってなにか食べたら？　温め直すから」

テーブルの上には冷めたスープが並んでいる。

「ありがと。でも、私疲れちゃって……だから、帰るね」

「ダメ」

彼女ははっきりと私の言葉を拒絶した。

「座って」

私はしょんぼりした気持ちでラギの隣に座った。

そのまま無言が続いた。

オド、メイ――それからラギ。

みんなが順番に私の心の部屋を訪ねてくる。そんな一日だ。

私は息が詰まるような思いでそっとラギの顔をうかがった。

そして改めて……今更ながらにハッとなる。

彼女の顔に広がっている錆――。

そうだ。錆だ。

私と同じ。

そんな当たり前のことをなぜか、今の今まで意識していなかった。彼女がそんなものを背負っていることを。

ラギがあまりにも自然だったから。

彼女自身も他のみんなも、そんなものはないという顔でいつも振る舞っているものだから――。

「やっとこっちを見てくれた」

ラギと目が合った。バチッと火花が散ったような気がした。

優しい目をしたラギは右手でそっと自分の顔の錆に触れた。

「これ、気になるわよね。やっぱり」

「そんな……こと」

「アドはうそが下手ね」

「……ごめん」

私はまたうつむいてしまう。

ラギはソファの脇に置いてあった文庫本を気まぐれにめくりながら、なんでもないことみたいにこう言った。

「アド、今こう考えてる。ラギの顔の錆ってどっちのなんだろう？　普通の錆？　それとも例の病？」

図星だった。

言葉を失う私に構わず彼女は続けた。

「安心して。病の方じゃないから」

実際その答えは少なからず、ううん、かなり私を安心させてくれた。

「私ね、最初からこうだったの。生まれつきこんな顔だったのよ」

私はやっぱりなんて言ってあげたらいいのか分からなかった。

「理由は分からない。でもこれが私だった。神様みたいなものがいるんだとして、きっとその人はなにか気まぐれを起こしたのね」

本のページをめくるラギの指の動きはとっても滑らかだった。

「最初からこんなだったから、私はすぐに失敗作として扱われた。だけどなまじ心なんてものを持っていたから、廃棄されることを受け入れることもできなくて、それで逃げ出したの。必死に逃げて逃げて、長い旅をした」

長い旅をした——。

たったそれだけの短いセンテンスなのに、そこにはラギの果てしのない流浪の旅の日々が染み込んでいた。

「そうしてこの島に辿り着いた。けれどここへ来てからも、なるべく他のロイドの目を避けて生活したわ。だってそうでしょ？　道の角を曲がったときにこんな顔のロイドと鉢合わせしたら誰だってギョッとする。だから仕事も博物館の職員に決めた。来館者なんて滅多に来ないし、誰かと接する機会がほとんどないって分かっていたから」

それは、今朝起きたときから考えていた言葉をそのまま口にしたかのように淀みというものがなかった。

「最初に博物館でアドに声をかけたとき、私がどれだけの勇気を振り絞ったか分かる？　この顔を見て怖がられたらどうしよう。そう思うと足がすくんだ。でも、頑張ったのよ」

「ウルから頼まれてたから？」

「いいえ。あなたを一目見て、私がそうしたかったから」

なんて迷いのない言葉を放つんだろう。

「そしてあなたは怖がらなかった。そりゃあ最初少しはびっくりしたとは思う。でもそれだけで後はちっとも――。その様子が初めて会ったときのウルになんだか似てて……」

なにかを思い出したのか、ラギは小さく笑う。それから本を閉じるとその背表紙を眺めながらこう言った。

「それでこう思った。私、この子と絶対仲良くなる！」

ラギの言葉には私の胸を強く締めつけるものがあった。

「昔ね、友達になったばかりの頃、ウル達と約束したことがあるの。もしかしたら私もいつかは病に侵されて全身を錆に覆われてしまうかもしれない。自分というものを失って、みんなのことを傷つけてしまうかもしれない。それは百年後かもしれないし、明日かもしれないけれど、そのときはきっと、必ず私を壊してって」

ラギはまだ背表紙を眺めている。古い友人の手紙を理由があって開けもせず、ただ眺めている人のような表情だった。

「そんなこと……言わないでよう」

やっと言葉が出てきた。

やるせない胸の痛み《ハートエイク》を抱えたまま、ギュッと拳を固める。

そんな私の手をラギの両手が包んだ。

私は反射的にその手を振り払おうともがいた。ウルにしたように。

「アドって本当にうそが下手」

ラギはもう一度その言葉を口にした。

私は一瞬混乱する。

「体の錆のこと、言ってくれればいいのに」

「どうして……！」

「アドの様子を見ていれば分かる。いつからなの？」

ラギの太腿《ふともも》の上から文庫本が床に滑り落ちる。

私はもう、自分の口からとめどなく言葉が溢れ出てくるのを止められなかった。

＊

ラギのマンションを出たのは深夜零時を過ぎた頃だった。

「本当に送っていかなくて平気？」

「大丈夫」

私はこの上なく照れくさい気持ちを抱えたまま、ラギに手を振ってマンションを後にした。

自分の体の錆のことを打ち明けてしまうと、不思議なほど体が軽くなったように感じられた。

ラギの耳の傾け方があまりに優しいものだから、溜め込んでいた気持ちを一方的に聞かせてしまった。

どうしよう？　怖いよう！　もうやだー！

誇張なしに後半はほとんどそんな調子だった。恥ずかしい。

でも、病の治し方が分かったわけでもないのに、充分な治療を受けた後みたいな気分。

自分の体の内側に宿る、あの恐ろしいエネルギーのことは結局言い出せなかったけれど――私自身にそれを説明する言葉をまだ持っていない――それでも充分すぎるくらいに心は軽くなっていた。

でも、それで気が抜けた分、今日一日の疲れがどっと押し寄せてきた。

とにかくくたくただった。

大きなハチミツ入りの瓶を抱えてなだらかな坂道を下る。この瓶は帰り際にラギが持たせてくれたもので、ウルの密かな好物だという。

「これを二人で分け合ってさっさと仲直りして」ということらしい。

舗装された川沿いをしばらく歩き、おもちゃみたいな橋を渡り、路地に入る。

自然と足が弾む。

なぜって庭園では今、花の芽が土から顔を出しているから。

最初に見つけたときは喜ぶ余裕も祝福してあげる余裕もなかったけれど、今は違う。

なにも解決していないいし、解消もしていないけれど、溜め込んでいたことの半分をラギに打ち明けたことで手狭な心にスペースが空いた。

今は一刻も早く帰ってウルに謝って、庭園の成果を報告したい。

だけど――物事はそう簡単にはいかなかった。

「え……っと」

弾んでいた足が止まる。

真っ暗な細路地の、丁字《ていじ》の突き当たりにスーツ姿の大柄な男が二人、壁に背を預けて立っている。

どっちも知らない顔だ。

異様な雰囲気。

彼らは私の姿を確認すると互いに目配せをし合ってから、こっちに近づいてきた。

――人間だ。

見た目はロイドとよく似ているけれど、直感的にそう感じた。

姿がどうとかじゃない。もっと別の部分でそうだと分かる。

この島で初めて見る人間。

でもその様子は明らかにヘンだった。

彼らはまったくの無表情。歩き方も訓練された軍人みたいに整っている。

そのまま彼らの間を強引に通り抜けてしまおうかとも考えたけれど、抱えたハチミツの瓶のことを思うとそれはためらわれた。下手をして落っことして割ってしまったりしたら悔やんでも悔やみきれない。

そうして迷っている数秒間のうちに、彼らは私との距離を残り十五メートルまで縮めていた。

そしてとうとう十メートルを切ったとき、男達はバネかなにかに押し出されたようにこっちに向かって駆け出してきた。

「うわっ！　来た！」

短く叫んで私は反射的に横道に逃げた。

狭い路地の水溜まりに月が映っている。

水しぶきを跳ね上げてその上を走り抜けた。

「なんで？　なんで⁉　追いかけられ……⁉」

ポリバケツをぶちまけ、古雑誌を飛び越える。

「ど、どうしよう？　どうすればいいんだろう！　人違いじゃないですか⁉　それともこのハチミツが目当て？」

いや、いくらなんでもそんなバカな。

「誰か！」

叫んだけれど、野良犬一匹反応してくれなかった。

この路地は昼間でも人通りがない。こんな時刻ならなおさらだ。

だけどこのまま行けば大通りに出る。そこなら少しは人通りも――。

そう思った矢先、襟首を摑まれた。

そのまま容赦《ようしゃ》のない力で後ろに引っ張られ、背中から地面に叩きつけられて鈍い音がした。

手から離れた瓶が硬い音を立てて地面を転がっていった。

男の一人が即座に私の腕をねじ上げてくる。玄関先で傘をたたむときみたいな、体に染みついている無感情な動作だった。

ゴツゴツした地面が頬に当たる。

これがおまえの運命の肌触りなのだ。そう言われているような気がした。

そして次に体の内部を電流が走った。

どんな道具を使ったのかは分からなかったけれど、私の体はしびれて動かなくなった。

「おい、不用意なショックを与えるな。なにがトリガーになるか分からんのだぞ」

男の一人が声を荒らげる。

「こんな物騒な代物がこんな島に身を潜《ひそ》めていたとはな」

私の意識はそこで途切れた。

＊

苔《こけ》むした廃墟。

弾痕だらけの壁。

私はそこに、飽きられた人形みたいにもたれかかっている。

体が思うように動かない。

私の見た夢は、そんな始まり方だった。

なんとか体を起こそうとして気づく。左腕がない。

見ると肘から先がすっかり失われていた。

いつどこで落としたのか見当もつかない。

私の頭上にはたくさんの銀色の蝶がいて、それぞれの脚に小さな部品をぶら下げている。

それは小さな歯車だったり、バネだったり、ネジだったり、コイルだったりといろいろだ。

彼らはなにかを相談するように触角を触れ合わせながら、私の腕に部品をはめ込み、組み立てていく。

蝶はみるみるその数を増やし、それに合わせて組み立てる速度も上がっていく。

感謝の念を抱きながら彼らを受け入れる。

直してくれてるんだ。

でも左腕が充分な段階まで組み終わった後も、どういうわけか蝶達はその動きを止めてくれなかった。

動けない私にはそれを拒む術《すべ》もない。

「ねえ、待って。もういいんだよ。充分だから」

そう言っても聞いてはくれない。

私の左腕はどんどん膨れ上がっていく。自分の体では支えていられないほどの大きさにまで。

もう腕とは呼べない形状だ。

それでも増殖は止まらない。

腕の途中から不格好に突き出たチェーンソーがぐるぐると回転を始める。その脇から垂れ下がった動物の内臓みたいなパイプから、ごぼごぼと音を立てて血液とオイルの混ざったようなものが流れ出てくる。

ときどきどこからか空気が抜ける激しい音もする。

いつしか私の方がこの腕の付属物になっていた。

自分の体の何十倍もの大きさに膨れ上がった腕を引きずりながら、私は廃墟の出口を探す。探す。

ロノファと双子

「ロノファ。またあのうた、ならして」

「いいよ。でもワインダーI《ワン》、歌は鳴らすじゃなくて歌うっていうんだよ」

「うん。いま、がくしゅうした」

「うそ。ワインダーIはきのうもロノファにおなじことをおそわっていた」

「ワインダーII《ツー》のことばこそ、うそ」

「紛争はそこまで。それじゃ歌うよ。二人とも静かにね」

「ロノファ、うたをならすのをてーしして。そこ、おきた」

「え？」

「こっち、みてる」

「ああ、本当だ。おはようアド。気分は？」

掠れ声の男の子が私に向けて小さく手を振る。

私はゆっくりと体を起こしてあたりの様子をうかがった。

そこはまったく知らない——覚えのないヘンテコな部屋だった。

広いホールみたいな場所。その中に透明な壁に囲まれた小さな部屋がいくつも並んでいる。私はそのうちの一つに閉じ込められていた。

男の子は私の右隣の住人。

左隣の小部屋にいるのは双子の少女。

「私……どうなったんだっけ？」

「キミは人間達に連れてこられたんだよ」

「あ……」

そうだ。私はあの人間達に捕らえられて――。

「もう四日も前のことだよ」

「四日⁉　私、そんなに眠ってたの……？」

自分が最後に見た光景を思い出そうとする。

屋上。海。路地。芽。ラギにもらったハチミツの瓶。

どうして人間達は私を捕まえたりしたんだろう？

分からないことだらけだ。

私は途方に暮れて頭を抱えようとした。でもそのために必要な左腕が失われていることに気づいた。

「え……⁉　ぎゃあ！　ない⁉　腕！」

肘から先がきれいさっぱり切り取られてなくなっている。

「キミの腕なら二日目に人間達が切り離してしまったよ」

取り乱す私を冷静に見つめながら男の子は言った。

「ボクはその瞬間を見たわけじゃないけどね。なんせキミがその部屋からどこかへ連れていかれて、戻ってきたときにはもうそうなっていたから」

「そんな……なにが、どうして、なんのために？」

「きっと研究材料として持っていったんだ。ボクのときは右脚で、それは一週間後に戻ってきた。だけどキミの場合も同じように戻ってくるとは断言できない」

男の子は自分の右足を手のひらで軽く叩いた。

私はもちろん深いショックを受けた。でもそれは左腕を持っていかれてしまったことにじゃない。

今度こそ自分がやっぱり人間じゃなかったんだという動かぬ事実を目にしても、もうそれほどショックを受けていないことにだ。

「そっかあ……」

これまではまだどこか人間のつもりでいたけれど――もう違うんだ。

「どうしたの？　急に落ち着いたね」

「取り乱してごめん。でも、ふふ、なんかヘンに納得しちゃって」

笑ってみた。本当は泣き出したかったけれど。

でも……ウル達と同じ存在になるなら、それもいいか。

「ウル……そうだ！　私、帰らなきゃ！」

「帰る？」

「そうよ！　だって――」

みんなが心配してる。

私は私を阻む透明な壁に近づいた。

素材はガラスみたいだ。

私は残った右手で拳を作り、ガラスに打ちつけた。でもびくともしなかった。

「無理だよ。特別製のガラスだ。拳をすり減らすだけ。ミサイルでも持ってこなきゃ」

男の子は自分の目の前にあるガラスをコンコンと叩き、忠告してくれた。

一部がスライド式になっている。そこから出入りするらしい。でも固くロックされていてなにをしても開く気配がなかった。

「そうそう、ボクはロノフア。よろしく、アド」

「よろしく……でも、どうして私の名前を……」

「人間達が口にしているのを聞いたんだ。アドなんとかって難しくて長い名前だったんだけど、全部は聞き取れなかった」

私の名前。本当の名前？

「そっちにいる双子はワインダーⅠとワインダーⅡ」

幼い双子は本当にそっくりで、体は私よりもずっと小さかった。眉は薄く、瞳は大きく、おそろいの若草色の髪がとても柔らかそう。

見分けがつきそうもないと正直に告白すると、二人のワインダーは言った。

「みわけるひつようもない」

それから私の牢獄の生活が始まった。


いいい、お隣同士として過ごす中で、私はロノフアとワインダーⅠ、Ⅱといろいろな話をした。

自分がどこから来たのか分からないこと。

エルゥエル島ではウルという女の子の家にお世話になっていること。

植物を育てて庭園を再生する仕事をしていること。

案の定ロノフアは私が植物を育てることができるなんて信じようとはしなかった。

あんまり疑うものだから私は仕方なくその場で歌を歌って聴かせた。もちろん即興のオリジナルソングだ。

題材は『こんな牢獄でもロノフアとワインダーに出会えてハッピー』。

我ながら今回はかなりいいメロディが降ってきたと思う。

歌を聴き終えると、ロノフアはすぐに考えを改めた。

「驚いたな……ゼロから生み出せるなんて。でもどうしてキミにそんな力が備わっているんだろう？」

「自分でもよく分からないの。歌が好きだから……とか？」

「歌ならボクも好きなんだけどな」

ロノフアはお返しにと言って歌を聴かせてくれた。

物悲しい、不思議なメロディ。

聞いたことのない言語。

「いいね。どんなことを歌った歌なの？」

「平穏を祈る。友に別れを告げる。二つの意味を一つの言葉に込めた古い歌だよ」

ワインダー達は満足そうに目を細めて「にんげんはすきじゃないけど、にんげんのつくるうたはすき」と言った。

「同感」とロノフアも言った。


私達の閉じ込められている場所には窓もなく、外の様子は一切分からなかった。

「ここがどこなのか、ボクにも分からない。意識を寸断されて、気がついたときにはここに運び込まれていたからね。エルゥエルなのか、それとも島の外の施設なのか、見当もつかない。ただ、おぼろげながら分かっていることもある。ここは王国の人間がボクらロイドを研究したり開発したりするための施設らしいってこと。ここではボクらのような存在を戦地に送り込む前に最終調整したり、新しい機械を造ったりしているんだと思う。ときには敵国の戦闘用オートロイドを回収してその技術を解析したりもしているらしい」

「わっとと……」

ロノフアの言葉に耳を傾けていたら、体まで傾いてしまった。急に片腕を奪われてしまったせいで体のバランスが損なわれている。

右腕は島に流れ着いたときすでに失われていて、今ついているのは後からウルがつけてくれたものなので、これで私は自分の腕を両方とも失くしてしまったことになる。

私の左腕、今頃どこでどうしてるんだろう？

人間達が研究しているとロノフアは言うけれど、それにしたって——あんな錆びついた腕からなにが得られるっていうの？

「おてておなくて、かなしい？」

双子のどちらかが興味深そうに声をかけてきた。

「どうかな……。本当ならもっと悲しんで苦しんで、悔しがるところなんだろうけど、でも不思議とそういう感情が湧いてこないの」

「どして？」

「腕を失くしても私は一貫してここにいるし、すごく不自由してるわけでもないから……かな？」

「そう。でもほんをよむときにふべん」

言われてみるとそれは不便かも。でも少なくともここには本なんてない。

「いつかどうしてもほんをよまなきゃいけないひがきたら、わたしたちがかわりにほんをもってあげてもいい」

「ありがとう。優しいね」

「あ、まって！」

私の言葉を遮ると、突然双子は慌てたように室内を走りまわり始めた。

どうしたんだろうと見守っていると、二人は互いの背中を弄《まさぐ》って、なにかをギキ、ギキと巻き始めた。

説明を求めてロノファの方を見ると、彼は待ってましたとばかりに口を開いた。

「ワインダーⅠとワインダーⅡは週に一度、ああしてゼンマイを巻かないと止まっちゃうんだってさ」

「ゼンマイ……」

覗き込んでみたけれど、それらしいものは見えなかった。小さく収納されているのかもしれない。

「そのためのネジは背中についているから決して自分じゃ回せない。だからああしてお互いに相手のネジを巻き合ってる」

お互いにネジを巻き合う双子。

それはなんとなく絶対に他者が介入できない神聖な儀式のように見えた。

「ワインダーⅠとⅡはここに来てもうじき二ヶ月になるんだよ」

「そんなに……」

「わたしたち」

会話に突然ワインダー達が交ざってくる。

「わたしたち、よそのくにでたくさんころした」

それがとても効率的で効果的だったから、王国の研究基地に戻ってきたとき人間達からとても褒められたのだと、ワインダー達は言った。

「ワインダーはよくやったって」

「そう。でも、ななどめによそのくにへいったとき、ワインダーⅠとワインダーⅡはまえぶれなくうまれた」

「生まれた？」

説明を求めてロノフアを見る。

「きっと自我の芽生えのことを言ってるんだと思う。ボク達ロイドに自我が芽生えるのはいつでも突然のことだ」

ウルの言うところの心の話だ。

「それじゃそれまでは？」

「わたしたちはここにいなかった」

と、自分の体を指差して双子は言った。

この双子は戦場で自我を獲得したんだ。

「ワインダーⅠとワインダーⅡはそれでもしごとをした。でも、もどってきたらここにとじこめられた。バグのせいでさくせんをむししたからだって。はいきもしやにいれてけんさするって」

私は彼女達にかける言葉を見つけられなかった。

「その……ロノフアはいつから？」

「ボク？　それってどっちに対する質問？」

「えっと……」

「ボクがいつからボクになったのかってこと？　それともいつからここに閉じ込められてるか？」

「じゃあ……後の方で」

「どっちもう忘れちゃった。どうもボクにも致命的なバグがあるらしい」

彼は照れくさそうに言った。

私はまた言葉を失った。

＊

幽閉生活はいつまでも終わらなかった。

今日が何日目なのか、私にはそれもよく分からなくなっていた。

相変わらず左腕も返ってこない。

ベッドも毛布の一枚もない部屋で眠る日々。正直肉体の辛さよりも侘しさが勝った。

ロノフアとワインダーという話し相手が隣にいてくれたことは強い心の支えになっていたけれど、やっぱり屋上庭園の植物達のことが気になっていた。

もうずいぶん水をやれていない。

「……枯れちゃったかな」

それからもちろんウルやラギ、メイにオド達のことも考えた。

突然姿を消したりして不思議に思っているかもしれない。私がいなくなってウルの部屋はきっとまた散らかっているに違いない。

「ウル、片づけるの苦手なのに……」

こんなことを言ったらまた「うっせぇ」と言われるだろうか。

＊

施設の人間が私の前に姿を現したのは、それからさらに何日も経ってからのことだった。

二人の研究員。彼らは白い防護服みたいなものを着込んでいて、顔には大きなゴーグルをはめていた。どんな顔をしているのかまるで分からない。

「ここはどこ？　なにが目的なんですか？」

噛みつくように詰問したけれど、彼らはなにも答えてくれなかった。

ただ無感情に「来い」と言われただけだった。

ロイドと人間。ガワだけ見ると具体的にどこがどう違うのかよく分からなかった。

けれどそれだけに物質的な部分の向こう側に潜む本質的な違いが感じられて、それが不思議で不気味だった。

「アド。気をつけて」

連れていかれるとき、ロノフアが気遣うように声をかけてくれた。

研究員は私を別のフロアへ搬送した。

通された部屋の奥には仰々しい鋼の台座みたいなものが設置されていた。そしてその上に見覚えのある腕が置かれていた。

「あ！　私の！」

左腕だ。見間違うはずもない。

「なんですか人の腕をインテリアみたいに飾って！　全然おしゃれじゃない！　返して！」

こうなったらこの場で暴れまわってやれ！

私だってその気になればオドの十分の一くらいは暴れ――。

そう思った矢先、また例の電気ショックを背中から浴びせられて、意識こそ保っていられたけれど、すっかり動けなくなってしまった。

その間に部屋にあった鉄製の椅子に固定され、奇妙なコードを頭に取りつけられた。

朦朧《もうろう》とした意識の中、人間達の会話が耳に届く。

「どうだ？　拾い物からなにか情報は？」

「やはりロックがかかっています。高度なプロテクトです」

「だがやらねばならん。空っぽの左腕を調べましたとでも報告するつもりか？　上は納得せんぞ」

「ですがブラックボックスを抱え込んでいるボディの方を下手にいじると暴発の可能性が――」

彼らは私からなんらかの情報を引き出そうとしているみたいだった。

躍起になってなにを探ろうとしているの？

失くした私の記録となにか関係が……？

「多少のリスクはやむを得ん。なんとしても帝国の技術を盗むんだ。こ、こ、こ、こんなものをヤツらだけに握らせておくわけにはいかないんだからな」

研究員のどちらかがそう言って、私に近づいてくる。

そのときだった。

部屋を、いや建物全体をとてつもない音と揺れが襲った。

私は椅子から投げ出され、床に後頭部を強《したた》かに打ちつけた。

一度バウンドして再度打った。

「うっ……ぎゃっ！」

ものすごく痛かった。

照明が落ち、部屋が真っ暗になる。数秒後、すぐに非常用の赤い照明が灯った。

その色でなにか只事じゃないことが起きたと悟る。

頭を押さえながら立ち上がる。

すでに部屋はひどい有様になっていた。

壁も天井も崩れ、研究員達がその下敷きになっていた。

駆け寄って声をかけてみたけれど、ピクリとも動かない。

みんなすでに息絶えていた。

「そんな……一体なにが起きて……！」

どうすることもできず、オロオロと部屋を見渡す。

床に私の左腕が転がっているのを見つけた。

咄嗟にそれを拾い上げて部屋から転がり出た。

「みんな！」

私は体につながれたコード類を引きちぎりながら廊下を走って、ロノフアとワインダーの元に向かった。

建物の中はどこも目を背けたくなるほどひどい有様だった。

「大丈夫⁉」

祈るような気持ちでロノフア達のところへ戻ってみると、彼らはもうそれぞれの部屋から解放されていた。

「ご覧の通り」

ロノフアが指で差し示す。見ると、何日も私達を阻んできたあの強化ガラスは無残に割れていて、出入り自由になっていた。

「不幸中の幸い」

「よかった……！　でも……なにが起きたのかな？」

遠くでまた不穏な揺れと爆発音が聞こえた。その音に耳を澄ませながら、双子は懐かしむように言った。

「このおと、しってる。よそのくにのせんじょーでなんどもきいたおと」

「それって……」

「たぶん、帝国の空爆だ」

「え？」

私は思わずロノフアの顔を見た。彼は今までに見せたことのない怖い顔をしていた。

「始まったんだよ。攻撃が」

「そ――」

私の言葉を待たず、すぐ近くの壁が吹き飛んだ。

あたりに粉塵《ふんじん》が舞って互いの姿が見えなくなる。

私達は声をかけ合った。

少しずつ視界が開けてくる。

廊下は瓦礫の山。

壁には大穴が開いていて、そこから強い風が吹き込んでくる。

穴から顔を出すと、外の風景を見渡すことができた。

「ここって……」

地上百メートル？　いや二百メートル。もっとだ。

雑多な街並みが遥か下に広がっている。その果てに広がる水平線。

これまでずっと私達が閉じ込められていたフロアは、とてつもなく高い場所にあった。

見渡したその風景。それは私の知っている風景だった。

「ここって……」

一足早くロノフアが叫ぶ。

「エルゥエル島だ！　そうか、ここはあの塔の中だったのか！」

「塔って……島の真ん中に立ってる、あの？」

「そうだよ！」

空に太陽は見当たらない。

空気の肌触りからいって今は日の出前の時刻だろう。

町のいたるところから黒煙が上がっている。攻撃を受けているのはこの建物だけじゃない。

「ひどい……」

「それじゃとうとうこの島も攻撃の標的にされたのか」

まだ続く横揺れによろめきながら、ロノフアはそう言った。

「どうしてここが標的に……」

「自我を持つオートロイド。それは人類にとって一種の脅威だ。もちろん帝国の人間にとってもね。
と同時に、倫理的・宗教的歯止めのない帝国にとってはこの上なく興味をそそる研究対象でもある。

そして研究対象は多ければ多いほどいい。彼らはこの島を占領して一気に研究材料《ボクら》を手に入れようとしているんだと思う」

占領。

怖い言葉だ。

「もしそうじゃないとすれば、近い将来の脅威を排除するためにボクらをつぶしに来たか。どっちにしてもいい話じゃないね」

その通りだ。でも震えている場合じゃない。

「みんな、とにかくここを出よう！　逃げるの！　今なら……なんて言うの？　セキュリティだっけ？　くぐり抜けやすいはずでしょ！」

私は自分自身を勇気づけるみたいに言葉に出した。

「ほら、ワインダーⅠもⅡも急いで……！」

瓦礫のそばに立っているワインダーの手を引く。

「ほら！　二人とも！」

「うごかなくなった」

「え……？」

「うごかないの。ねえアド、ワインダーⅠがうごかない」

ワインダーⅡはポカンとした顔で瓦礫を指差している。

「こないだネジまいてあげたばかりなのに。おーい」

大きな瓦礫の下から小さくて愛らしい腕が見えていた。

「そんな……！」

私は反射的に瓦礫を手で持ち上げて退《ど》かそうとした。でも非力な私の腕――それも片腕だけじゃビクともしなかった。

「ロノフア！　手伝って！　ワインダーが下敷きに……！」

「ダメだよアド……。とても持ち上げられる大きさじゃない。それにその子はもう、完全に停止してる」

「停止してる……？　そんな言い方って！」

私は瞬間的にロノフアの言葉に反発した。そんな私を見て彼は挑みかかるみたいに見返してくる。

「死んだって言えばいいのか？　その子をこんなふうにした人間みたいに」

私はその問いに対する答えを持っていなかった。

また建物が揺れて、天井の一部が崩れ、私とロノフアの間に落ちてきた。

それで私達はお互いに分断されてしまった。

「ロノフア！　こっち！」

「無理だよ。瓦礫で完全に塞《ふさ》がれてる。ボクは行けない」

「そんなこと簡単に言うな！」

「行けない……いや、行かないんだよ。ボクはここに残る」

「どうして!?」

「まだ建物のどこかに人間の研究員達がいるはずだ。そして吹き飛ばされる前になんとか自分達だけ逃げ出そうと算段してる。だからボクはこの手で彼らを殺してしまおうと思っている」

　ロノフアは普段通りの優しい表情のまま、そんなことを言った。

「こんなボクにもね、友達がいたんだよ。彼はある日人間に捕まって連れていかれてしまった。それきりだった」

「ロノフア……まさか友達を探してわざと捕まってここに……？」

「違うよ。友達はとっくに改良を加えられて戦地へ送られた。今頃はどこかで死体と残骸の山を築いているか、逆に破壊されているだろう。だから、もういいんだ」

「それならどうして……」

「言ったろ、ボクの狙いは人間達だ。最初からそう決心してたんだ。ずっと報復の機会をうかがっていたけど、まさかこんな形でチャンスが巡ってくるとは思わなかった」

瓦礫越しに聞こえてくる彼の言葉は穏やかだったけれど、鋼のような強い意志を感じた。

「分かってくれとは言わない。でもボクは自分の手で実行したいんだ」

無理だ。私にはロノフアを思いとどまらせることができない。

「ボクのことはもういい。さあ、ワインダーⅡを連れて向こうから逃げるんだ。行くんだよ！」

ミサイルによる空爆はまだ続いている。巨人が一歩ずつ近づいてくるような不穏な振動が足元から伝わってくる。

「アド！　いつかまた会えるようなことがあれば、そのときはキミの育てた花を見せてね」

「絶対だよ！　絶対！」

ロノフアを残して私は部屋を飛び出した。

自分の左腕と双子の片割れを引き連れて。

ギアドール・アドベンター

爆撃のせいで電力供給が断たれたのか、安全装置が働いたのかは分からなかったけれど、エレベーターは全基が停止していた。

仕方なく階段を使って降りることにしたものの、空爆のひどい揺れの中で降り進むのは想像以上に骨が折れた。

途中、何人か人間を見かけたけれど、みんな状況の対応に追われていて誰も私達に注意を払わなかった。

ようやくすべての階段を降りきると、今度は広い空間に出た。

その先にトンネルが延びている。太い柱にＢ－１の文字。搬入搬出用の地下通路に辿り着いたらしい。

今天井が崩れてきたら絶対に助からない。

私もワインダーⅡも立ち止まることなくそこを駆け抜けていった。

トンネルの終着点には大きくて分厚そうなシャッターが私達のことを阻んでいた。

「ここ」

一瞬絶望しかけたけれど、ワインダーⅡがその脇にある小さなドアを見つけた。

最終的に外へと通じていたのはその小さなドアだった。あれだけ巨大な施設から脱出するにしてはあまりにあっけない出口だった。

塔の敷地を出るとすぐに大きな道路に出た。

近くに街灯が立っていて、その足元で冷凍車が転倒している。フロントガラスが割れて車体が歪み、コンテナから大量の冷凍魚がこぼれ出ていた。魚はまだ溶け始めてもいない。

その先ではバイクがショーウィンドウに突っ込んでいて、そのそばで見知らぬ青年のロイドがうずくまっていた。

近づいてみる。青年には下半身がなかった。

切ない気持ちで立ちすくんでいると、頭上で大きな爆発が起こった。

たった今私達が出てきた塔にダメ押しのミサイルが着弾したらしい。

「崩れる……！」

バスみたいな大きさの瓦礫が次々に降ってくる。

塔は積み木みたいに倒壊を始めた。

「ロノフア……！」

「アド、アド、いこ」

ワインダーⅡが私の背中を押す。

振り返る余裕もないまま、私達は川に架けられた橋を渡った。

橋の途中に誰かの脚が落ちていた。通り過ぎてから、それがさっきの青年のものだったんだと気づく。

渡りきったところで今度はその橋が吹き飛んだ。

屋上の庭園はどうなっただろう。

この橋みたいにもう吹き飛んでしまった？

それともこれから吹き飛んでしまう？

ワインダーⅡは思ったよりもずっとケロッとした顔で、思ったよりもずっと素直に私の後をついてくる。

大切な片割れを失ったばかりなのに。

そう思ったら胸がキュッとなった。

ワインダーⅡが空を指す。

「アド、おちてくる」

「え？」

確かに上空からなにかが降ってくるのが見えた。

「あれ……なんだろう？」

「らっかちてん、このさきヨンマルマルメートル」

ワインダーⅡは瞬時に計算すると、案内するみたいに私の前を走り出した。

「あ！　待ってよー！」

必死に追いかけているうちに大通りに出た。

そこにはたくさんのロイドがいたけれど、誰もが混乱しきった様子で、なにかに向けて怒鳴《どな》ったり親しい者のだろう名を呼んだりしていた。

明け方とは思えない騒ぎだ。

その混乱の最中に空からくさびみたいなものが落ちてきて、アスファルトに突き刺さった。

「さっき見たヤツ!?」

黒くて鋭くて、見上げるほど大きい。

なにかの装置？

ボディの側面に見たことのない赤いマークが刻まれている。

それを見てワインダーⅡは「ていこくのしるしだ」と言った。

くさびについていた扉が花みたいに三方向に開いていく。

「わわわワインダーⅡ！　中から誰か出てくる！」

出てきたのは人間……いや、ロイドだった。

顔は儚《はかな》げな女の子。白い髪が腰まで伸びていて、天使の羽みたいに見える。

でも脚が四本もあって、そのすべてが球体関節になっていた。

そんなオートロイドが全部で三体。

「あの子達は一体……」

私の言葉を聞いてかワインダーⅡはポツリと「デイジー」と言った。

「デイジー……？」

その異様な姿を目撃したのはもちろん私達だけじゃなかった。

固唾《かたず》を飲んで見守っていた町のロイドの一人が吐き捨てるように叫ぶ。

「帝国の兵器だ！　町をこんなにしやがって！」

見るからに力仕事が得意そうなそのロイドは手に持っていた鉄パイプを振り上げると、怒りまかせにそのデイジーに挑みかかっていった。

いいぞ！　と他のロイドも声を上げる。

デイジーが襲いかかってきたロイドに向けてゆっくりと手のひらを向ける。

次の瞬間、勇敢なロイドの腹に大穴が開いて、彼はその場にひっくり返った。

最初は武器なんて持っていないように見えたけれど、私は見た。デイジーの手のひらからレーザー状の光が放たれたのを。

恐ろしいことをした後だというのに、表情の機能がないのか、感情や魂そのものがないのか、デイジーのきれいな顔は人形みたいに動かない。瞬きもしない。

ロイド達は一瞬水を浴びせられたように静まり返ったけれど、すぐ我に返って蜘蛛《くも》の子を散らすようにその場から逃げまどった。

「ひ……ひどい！」

デイジーのしたことをもろに見てしまい、私の足はすっかりすくんでいた。

そんな私にワインダーⅡが言う。

「ひどくないよ、アド」

「どうして!?」

「あれがあのこたちのしごとだから。ていこくせいのりくせんせいあつへーき『デイジー・シリーズ』。ワインダーⅡもなんかいかたたかったこと、ある」

「帝国……あんなふうに兵器みたいに……」

「あんしんして。ワインダーⅡのが、つよい」

言うが早いか、ワインダーⅡはしなやかな豹《ひょう》みたいに地面を蹴ってデイジーに挑みかかっていった。

ワインダーⅡの言った通り、彼女はデイジー相手にもまったく引けを取っていなかった。恐れもしていない。

素早い動きで相手を翻弄して的を絞らせない。そうして隙をついてデイジーの脚を一本千切り取ってしまった。

「ちがう」

でもワインダーⅡは不服そうな顔をしていた。

「ワインダーⅠがいないから、あんまりうまくできない」

そんなワインダーⅡの脚を、隙をつく形で別のデイジーが摑んだ。そのまま力まかせに近くのビルに向かって投げ飛ばす。

ワインダーⅡの小さな体は壁を突き破って私の視界から消えていった。

その後を二体のデイジーが蜘蛛みたいな動きで追いかける。

「ワインダー!」

咄嗟に叫んでしまったのがよくなかった。

その場に残っていた一体のデイジーが私の方を向いた。

睨むでも威圧するでもない、美しい眼差《まなざ》し。だからこそ恐ろしかった。

撃たれる!

私は絶望的な予感の中で身を硬くし、目を閉じた。

でも、いつまで経ってもデイジーは私のことを破壊しようとしなかった。

「あれ……?」

恐る恐る目を開ける。

すぐ目の前にデイジーが迫っていた。彼女は腕を伸ばして私を捕まえようとしてくる。

「ひぎゃ!」

私はわけも分からず身をひるがえして逃げた。

ああ、バカ。

そっちじゃない!

思わず反対方向に走っちゃった。

ワインダーⅡを助けなきゃいけなかったのに！

マヌケの役立たず！

自分を罵《のの》りながら道路の真ん中を走る。

瓦礫の山を避け、転倒した車を飛び越える。

逃げ足だけは一丁前だ。

「な、なんとかなる……かも？」

調子に乗ったのがよくなかった。

直後に空から降ってきたミサイルが私の背後三メートルの場所に着弾して大きな爆発が起こった。

トラックにはねられたような衝撃をもろに受けた。

私の体は前方に五メートル以上も飛ばされ、街灯にぶつかってから地面に落ちた。

視界が歪む。

立ち上がれない。

脚……まだある？　腕は？

そんなことを確かめる間もなく首を掴まれた。

デイジーはブティックで気になる洋服を手に取るみたいに、軽々と私の体を持ち上げる。

「やめて……！　やめ！　は……放せー！」

私は脚をバタつかせ、持っていた左腕で相手をボカボカ殴った。もちろんなんの効果もなかった。

無慈悲なオートロイドはガラス玉みたいな目でじっと私のことを視《み》ている。

こちらからはなんの思考も感情も読み取れない。それなのに向こうは私の奥底のなにかを読み取っている——そんな感じがした。

そうして私のことを好きなだけ観察した後、デイジーは初めて言葉を発した。

「照合確認。ギアドール・シリーズ・アドベンターα」

私にはなんのことだかさっぱりだった。

てっきりそのまま殺されるか壊されるかするものと思っていたのに、デイジーはそうしなかった。

「本部、情報ヲリンク。捕獲完了。即時帰投」

それどころか私をどこかへ連れていこうとしている。

「捕獲って……ど……どこへ連れて……」

暴れていると、離れた場所のビルで爆発が起きた。ワインダーⅡが姿を消したビルだ。

そのビルの右半分が崩れ落ち、近くにいたロイドが何人も下敷きになる。

それを見た瞬間、私の体が熱く燃えた。

実際に炎に包まれたわけじゃない。けれど燃えたと言って差し支えないくらい大きな熱の力が、体の内側で膨れ上がるのが分かった。

いつかのときと同じように。

その熱エネルギーみたいなものが、私の中のあるモノを解凍した。

私はデイジーの腕を掴み返した。

「…………………放して」

言葉を発した瞬間、握った私の手の中で相手の腕が水飴《みずあめ》みたいにドロリと融解し、千切れた。

解放された私はよろめきながら地面に足をついて、千切り取ったデイジーの腕を足元に落とした。

デイジーは無表情のまま失った自分の腕を見つめていたけれど、すぐに事態を把握すると、もう一方の腕を私に伸ばしてきた。

でも不思議ともう、ちっとも怖くなかった。

それどころか私の脳裏には、目の前の相手を消し去る明確なヴィジョンが浮かんでいた。

それを可能にする確かな力を自分の中に感じる。

あとはただそれを実行するだけ。

分かる。

解《わか》る。

力の使い方――。

こうやって、こうして――。

「あっちへ行け」

私は右腕で軽く虚空《こくう》を撫でた。

瞬きする間に周囲が白い光に包まれた。

あまりの眩しさになにも見えなくなる。

目の前に龍みたいな雷――あるいは太陽でも降ってきたみたいに。

その光と熱はまるで生きているみたいに膨張していく。

体が熱に震え、光に分解されそうになる。

世界と私の、そして誰も彼もの境目をなくしてドロドロに溶かし合わせようと膨らんでいく――。

鈴の音を逆再生したみたいな音が耳の奥で鳴り響いている。

私の声が、私自身を止め――。

――この先は、ダメ。


「……っ！」

我に返る。

私は夢から覚めるみたいに大きく息を吸い込んだ。

いつの間にか体はひび割れた道路の上に大の字に投げ出されていた。

「私………」

気を失っていた？

顔を動かすと、隣にワインダーⅡの横顔があった。私と同じように寝転がっている。彼女はその小さな手で私のなけなしの右手を握っていた。

「ワインダー……？」

声をかけるとワインダーがコテと顔をこちらに向けた。

「アド、へーき？」

「う……うん。でも、一体なにが………」

ゆっくり体を起こしてみる。

「あの力って………」

あのとき、まるで自分じゃない誰かが私を動かしているみたいな感じがした。

けれどあれだけ空間を満たしていた光も、今はもうすっかり消え去っていた。

ううん。去ったんじゃない。

自分の胸を押さえて確信する。

収束して、私の中にしまわれたんだ。あのものすごいエネルギーが。

足元に視界の焦点を合わせると、そこに四本の足が落ちていた。

足首から先だけが。

まるで恋人達が脱ぎ捨てていった四足の靴みたいに。

「うっ……！」

それがデイジーの足だと気づいた瞬間、私は思わずえずいた。

足首から上はどこにいったのか。

もう、答えは分かっていた。

あたりを探す必要もない。

あの光と熱に包まれ、デイジーは溶けて蒸発して吹き飛ばされて、消えたんだ。

ふと、そばの建物の中に隠れていたロイドと目が合った。

そこに住む住人だと思う。彼は一部始終を見ていたらしく、驚きとも恐怖ともつかない表情でこっちを見ていた。

「これ、私が………」

立ち上がって体を検《たしか》める。

あちこち汚れているけれど、目立った傷はない。

「そうだ……ワインダーⅡは大丈夫だったの？」

「こっちもやっつけた」

彼女は落っことした私の左腕を健気に拾って胸に抱いている。

「でももどってきたらアド、たおれてた。なにかあった？」

ワインダーⅡが上半身ごと首を傾げる。

「アド、ショートしかけてた。ので、リンクしてつながって、おこした」

「リンク？　って……私と？」

「ワインダーⅡのとくぎ。せんじょうでこわれかけたなかまをたすけるときにこーしてつながってよびもどす」

「それじゃ……もしかしてワインダーⅡが私を引き戻してくれたの？」

ワインダーⅡはそれについてそれ以上答えなかった。

「えっと……ありがとう。たぶん、助かった。……ワインダーⅡって強いんだね」

二体のデイジーの追撃をどうやって退けたんだろう。

「それがワインダーたちのおしごとだから。からだのなかにぶきもいっぱい」

「……そう」

それがワインダーの仕事。

製造《つく》られた用途。

使命。

だとしたら、私は？

「先を急ごう。友達を探したいの。ワインダーⅡ、手伝ってくれる？」

「アドのともだち？」

「そう。みんないい子」

「わかった」

私は自分がきちんとまっすぐに進めることを確認しながら足を進めた。

瓦礫を乗り越えて路地に入る。

後で思い出したことだけれど、そこはあの日、人間達に追いかけられた路地だった。

あちこちで建物の外壁が剝がれ落ちて埃が舞っている。

ハチミツの瓶は見当たらなかった。

路地を抜けて開けた場所に出る。

そこはときどきウルと散歩もした公園で、多くの住人が困惑と不安を抱えた表情のまま慌ただしく行き交っていた。

中央の噴水も壊されていて、そこから水がクジャクの羽みたいに噴き出していた。

その水しぶきの向こうに倒壊したビルが横たわっている。

私はそのビルの残骸の上に二人の少女が立っているのを見た。

彼女達はお互いの無事を確かめ合うように、忙《せわ》しなく言葉を交わし合っている。

ようやく一切の事情を知らない太陽がいつも通りの顔で昇り、二人の少女、メイとオドを照らした。

一つの雲もない空をミサイルが流れ星みたいにいくつも横切っていく。

やがて二人は私の姿を見つけると一目散に駆け寄ってきた。

手を広げ、抱きしめようとしてくれる。

そうすることが当然みたいに。

こんなに嬉しいことはなかった。

けれど私は——そうしてしまうことがとても怖かった。
怖くなっていた。
いつまたあの怖い力が自分の内側から溢れ出てくるか分からなくて。

戦場の再会／線上の再開

帝国による空からのミサイル攻撃は簡単には終わらなかった。

無事に再会したのも束の間、メイとオドは私を引っ張って近くのライブハウスに避難した。

「ここなら地下だし、少しはマシだろ」

「崩れたらおしまいだけど」

「オド、不安にさせるようなこと言うなよ」

二人が相変わらずで、私は心底ホッとした。

「なににやけてんだー！」

「ひぃ⁉　なんでー⁉」

突然メイに怒鳴られた。

「なんでじゃない！　この家出娘が！」

「家出⁉」

「一ヶ月も戻らないで！」

「一ヶ月も経ってたんだ……ほわー」

「ほわーじゃない！　感心してんじゃないよ！　おまえ今までどこでなにしてた！」

叱られて戸惑っていると、オドが慰めるように私の頭を撫でてくれた。

「アド、ある日急に姿を消しちゃったから」

「違うんだよ！　あのあの！　断じて家出とかではなくっ！」

「みんなずっと心配してたんだ。ウルとメイを筆頭に」

「そう……なの？」

改めてメイに顔を向けると彼女は「あぐぅ」と唸って唇を噛んだ。

「オド！　それ、余計なことだぞ！」

「とにかくアドが無事でよかった」

「二人の方こそ、だよ！」

「ああ、このミサイルのこと？　ボクとメイは攻撃が始まったときたまたま一緒にいたんだ」

「そうそう。『さてもう朝だしそろそろ寝るか』ってときだよ。いきなりドカーンって。それで二人で手分けしてみんなの無事を確かめたり、救助したりしてたってわけ……ところでアド、腕どうした？　痛そうだなー」

「これは、えっと、いろいろあって……なにから話せばいいやら」

「じゃあこっちのは？」

オドがワインダーⅡをひょいと持ち上げて私の目の前にぶら下げる。

ワインダーⅡは抵抗を見せない。と思ったらなんだか眠そうにしている。疲れたのかもしれない。

「アドがせっせと育ててた花ってもしかしてこれのこと？」

「違う違う。その子はワインダーⅡ。一緒に逃げてきたの」

「逃げてきた？　どこから？」

「あそこ。人間に捕まって」

思わず指差した方向では太い黒煙が立ち昇っているばかりだった。そうだ、いつもあそこに見えていた塔はもう崩れて存在しない。

「あそこって、塔のこと？　え、人間に捕まってたの？」

「待て。話は歩きながらにしよう」

入り口から地上の様子をうかがっていたメイが上を指す。

「雨、上がったみたいだ」

気づけばミサイルは止んでいた。

＊

私達は身を隠していた場所から比較的距離の近いラギのマンションを目指すことにした。

道中目にした空爆の痕跡は目を背けたくなるほどひどいものだったけれど、ミサイルが降り止んだ今、町には月の裏側みたいな静けさが満ちていた。

でも、よくよく耳を澄ませてみると建物を焼く炎の音や、思い出したように崩れ落ちる瓦礫の音が聞こえてくる。

「あちゃー、あちこちやられたなー」

「天気予報はあてにならない」

「いや、ミサイルは予報できないだろ」

メイとオドのやりとりが私の心を温かくしてくれる。おかげで周囲や他の人のことに気持ちを向ける余裕が生まれた。

「メイ、野球チームの子達は大丈夫なの？」

「チビ連中なら無事だよ。ちゃっかり下水道に隠れてやがった。一人も欠けずにだよ？　日頃の団体行動の成果が出たな。試合は連敗だけど」

「はふっ」

　その口ぶりがおかしくて私は思わず噴き出してしまった。

　ラギのマンションは無事だった。

　崩れたり倒れたりすることなく、ちゃんといつも通りの場所に立っていた。

「としよりなおうち」

　ワインダーⅡがマンションを見て正直な感想を言う。

　急いで中に入り、ラギの部屋のドアを叩いた。

　でも返事はなかった。

　鍵はかかっていなかったから、中に入って確かめてもみた。

　やっぱりラギの姿はなかった。

　空爆の揺れのせいか、棚やテーブルからものが落ちていて、ラギの部屋らしからぬ賑やかな光景になっている。

「きっとどっかに避難してるんだよ」

　メイが励ますように言った。

　でも、なんとなく私にはそうは思えなかった。

「…………上」

「え？　って、おいアド！　待てったら！」

　私は部屋を飛び出してマンションの階段を駆け上った。

もちろん、屋上を目指して。

もどかしい気持ちで最上階のドアを開けて屋上へ出て——息を呑んだ。

そこに彼女はいた。

「ラギ！」

彼女は庭園の真ん中に座り込んで、静かになった空を見上げていた。

私は駆け寄って土の上に膝をつき、ためらいがちにラギの肩を抱いた。

ラギはゆっくり視線を下ろして私の顔を見た。

「アド……？」

「そうだよ！　帰ってきたよ！　ラギ！」

声をかけてもラギは数秒間呆《ほう》けたままだった。

それでも徐々に目の焦点がしっかりと合ってくると、彼女は珍しく眉をつり上げて私のおでこのあたりをグーで殴りつけてきた。

「あなた今までどこに行ってたの」

「ひぃ！　痛い⁉」

また怒られた！

「この様子ならラギも大丈夫そうだなー。残念」

メイが嬉しそうに憎まれ口を叩く。

「家出？　家出なのね？　不満があるならはっきり言えばいいじゃない」

ラギがほとんど初めてというくらいにわずかに声を荒らげる。

「家出じゃない！　家出じゃない！」

「本当に？」

「本当に」

「そう…………おかえりなさい」

存分に騒いだ後、それでも最後にラギはギュッと私のことを抱きしめてくれた。

ダメ。ラギを傷つけちゃうかもしれない。

のに――振り払えない。

「……ただいま」

「ラギ、本当に平気なの？　立てる？」

私はそっと体を離すと改めてラギの体を心配した。そして愚かな私はそのときになってようやくラギの足のことに気づいた。

「あ……！　ひどい……」

「隣の建物の瓦礫が飛んできて、避け損なっちゃったの」

彼女の両足は膝から下が無残につぶれて破壊されていた。

「我ながら鈍くさくって嫌になるわ」

「うわわあどうしよ！　どうする⁉」

おろおろする私の頭をメイが両手で捕まえる。

「大丈夫だ。これくらいだったらウルが修理《なお》してくれるさ。だからいちいち騒ぐな」

「う……うん」

「そもそもなんだけどラギ、避難もしないでここでなにしてたの？」

言われてみればオドの疑問はもっともだった。

彼女の答えはシンプルだった。

「なにをって、守ってたのよ」

「え？」

理解が及ばずに首を傾げたのは私だけだった。

「おまえ……バカ。まあ予想はついてたけどさ」

メイとオドはすぐに察している様子。

「分からないよラギ。守るってなにを……」

「アドの庭園を守らなきゃって思ったのよ」

ラギはまっすぐな眼差しで私に言った。

「だって、突然わけの分からないミサイルが降ってくるから。せっかくのこの場所をあんなものに吹き飛ばされたんじゃやりきれないじゃない」

私は全身から力が抜け落ちるのを感じた。

無力感、驚き、安堵《あんど》、混乱——それから喜び。

色んなものがないまぜになって弾けてしまいそうだった。

「無茶……しないでよ」

私はもう一度その存在と輪郭を確かめ直すようにラギを抱擁した。そうしないではいられなかった。

「もしラギが本当に壊れちゃったら……もう会えないじゃないか」

勢い余ってちょっと男の子みたいな口調になってしまった。

「アドの言う通り。それで足をやられてちゃ世話ないぜー」

メイが大袈裟にため息をつく。

「ちなみになにをどうやってミサイルから庭園を守ろうとしてたのか、ボク、ラギの計画《プラン》に興味がある」

「え？　そこの……スコップで」

「無謀！」

　私達は揃って大笑いした。

「これでも必死だったのよ」

　ラギがそっぽを向く。

「そこまでしなくてもいいのに！　もう……危ないよ……」

「ごめんなさい。でも、不思議といても立ってもいられなくなったのよ。アドが姿を消してから今日まで、私なりにお花の面倒を見てもいたから愛着が湧いてしまったのかも」

「ラギが面倒を？　そうだったんだ……」

「ちっとも役に立てなかったけどね。やっぱりアドでなくちゃ花のお世話はできないみたい」

　ラギの言葉に導かれるみたいに私は今更ながら周囲の庭園の様子に目を移した。

　庭園はずいぶん様変わりしていた。

　私が植えたそれぞれの花は、この一月で驚くほど成長していた。

　あともう少ししたら花を広げそうなくらいに。

　でも、開花を待つことなくその大半は枯れて地面に横たわっていた。

　そうでないものも、葉の裏に大量のアブラムシが住み着いていた。

　ツキミソウ、ブッドレア、ヒマワリ、ブルーサルビア。

　どれも風前の灯だった。

「ごめんね」

「ラギは一つも悪くない。悪いのは逃げ出した私」

「アドは人間に捕まってたんでしょ？　なら逃げたわけじゃない」

優しいオドのフォローには感謝しかないけれど、私はそう簡単に自分を許すつもりはなかった。

「そうなんだけど、そうじゃないの」

あの日、色んな物事から逃げてさまよっていた頼りない自分を思い出す。

ラギが私の肩に手を伸ばす。

それだけで私の体の錆のことを案じてくれていることがはっきりと伝わった。

「おーい。こっちの方のは結構元気そうだぞ」

少し離れた場所に立っていたメイが庭園の一角を指し示す。

そっちへ行ってみると確かにメイの言う通り、苦難に負けずしっかり青い葉を広げているものもいた。

カンパニュラの小さな苗木。高さは十五センチくらい。

「一口に花って言っても、あたしらみたいにしぶといのもいるんだな」

私はその場に座り込んだまま風に揺れる葉を眺めた。

朽ちて腐敗していくもの。なおも成長を続けるもの。それぞれの香りを感じる。

「この一月の間、みんなもときどきここへ庭園の様子を見に来てくれていたのよ。ね？」

「みんなも？」

「それ言うなよー。オドもラギも余計なことばっか言うんだからさー」

メイは照れくさそうに屋上の端に立って遠くを見つめた。

町のあちこちから上がる黒煙が風に乗って一方向に流されている。

「でも水をやろうにも病気を治そうにも、ボク達じゃどうしても『加減』が分からなかった」

オドは服の袖でラギの顔についた泥を拭いてやりながら、申し訳なさそうに言う。

「逆に枯らしちゃったり、茎を折っちゃったりしてさ……結局断念しちゃった。アド、ちゃんと守れなくて、ごめんね」

みんなの言葉が、言い方があんまり優しいものだから、私は泣き出したいような気持ちになってしまった。


みんなから全方位で慰められた後、私は少し時間をもらった。

「少しだけ待って。水をあげたいの」

町はまだ安全とは言い切れなかったけれど、せめてこれだけでもやらなきゃと、私はジョウロを使って花に水を与えてまわった。

最悪の場合、じきに水道も止まってしまうかもしれない。

土の中に水が染み込む様子を見てやりきれない気持ちになる。

花達はみんな、ろくに面倒を見なかった私を恨んでいるかもしれない。今更水をやっても、素直に受け取ってはくれないかも。

ダメだ。今こんなことを考えたってなにもならない。

水をやりながら私は、改めて今日まで自分が置かれていた状況をみんなに説明した。かいつまんで、順序よく。

「そう……人間達がアドのことを……」

ラギが少し怒ったように眉をひそめる。

対してオドは落ち着いている。

「あの塔に人間が出入りしてるらしいって話は聞いたことがあったけど、研究用の施設だったんだね。あそこ、ロイドは一切立ち入り禁止だったんだけど、どうりであちこちアドを探しても見つからなかったわけだ」

この一ヶ月、みんなには本当に心配と迷惑をかけてしまっていたらしい。

「ホント、いろいろごめんね……」

「で、そこでお知り合いになったのがそこのちっこいのってわけ？」

メイが視線を送る先にはワインダーⅡがいる。当のワインダーⅡは私達に背中を向けて土の上に座り込み、なにやらゴソゴソひとり遊びのようなことをやっていた。

「うん。ワインダーⅡだよ。一緒に塔から逃げてきたの。その途中でもたくさん助けてくれて……」

一瞬ロノファのことが思い出されて息が詰まる。

「そうだったの。それなら私からもちゃんとお礼がしたいわ」

「もちろん！　ワインダーⅡ！　ちょっとこっちに来てみんなに自己紹介を……わぎゃっ！」

私はワインダーⅡのやっていることに気づいて斬新な悲鳴を上げてしまった。

あろうことかワインダーⅡは生き残ったカンパニュラの鉢を順番にひっくり返して遊んでいた。

その動作にはなんのためらいも感じられない。

「ワインダーⅡ！　待って！　ストップ！」

私は慌てて駆け寄って呼びかけた。

「ひっくり返さないで。花は大切に！」

「どうして？」

「どうしてって……」

「ワインダーⅡにはそれができるちからがある。こいつにはてーこーするちからがない」

「そ、そういう難しいことは分かりません！」

「ひっくりかえすとせかいにアクシデントがおきる？」

「たぶん起こらないけどダメ！　とにかく私がやなの！　やだー！」

「……わかった。もうやらない」

よかった。どうにか分かってもらえた。

やっぱり何事も伝えようとする気持ちの熱量が大事なんだ。うん。

「オイオイ、アドのヤツ、お姉さんぶっといてなんてザマだ。駄々っ子じゃん」

「でもアドって感じで安心するよ」

「そうね。あんなものよね。ホッとするわ」

ひどい言われようだ。

「私だってこう見えていろいろ成長してるのに！」

ぶつくさ言いながら鉢植えを戻す。その一部始終をワインダーⅡは私のすぐ隣で見つめていた。それもやけに熱心な眼差しで。

「……なにか気になる？」

「これがアドのしごと？」

「うん。そうだよ」

「ふーん」

しばし会話が途切れる。変わらず熱い視線が注がれる。

う。やりづらい。

「……やってみる？　興味あるなら……だけど」

この奇妙な状況を打破するために苦し紛れにそう提案してみると、その小さな観客は思いの外はっきりとうなずいた。

意外なところに食いついたものだ。

そうしてワインダーIIと一緒に鉢植えを元に戻していると、思い出したようにラギが言った。

「そうそう、アド。球場へ行ってみるといいわ」

「球場？」

「あの子に会いたいなら、だけど」

私にはそれが誰のことだかすぐに分かった。

「ウル!?　行く！」

＊

球場にはたくさんの住民が集まっていた。

中央に急ごしらえのテントがいくつも立てられていて、そこに向かって長い行列ができている。

「そっか、ここを避難場所にしたのか！　対応早いなー」

メイもその光景に感心している。

「試合のときより人がたくさん」

「黙れオド」

「満員御礼」

　悲惨な状況にユーモアを持ち込もうと試みるオドの背中にはラギが背負われている。

　マンションで待つからいいとラギは言ったけれど、一緒に連れていくと珍しくオドが強く主張して彼女のことを背負った。

「ウルがいち早くみんなに声をかけてまわっていたから、その成果が出たのね」

「優等生め。さて、ウルはどこだー？」

　メイは探し人の名前を呼びながら先に行ってしまった。

　遅れて私もウルの姿を捜して避難所を歩きまわった。

　でも集まった住人の数が多くて簡単には見つからなかった。

　そうするうちにも逃げてきたロイドが新たに避難所に集まってくる。

　どうしたものか。

　ちょっと途方に暮れて、試しに近くにあったテントの中をそっと覗いてみた。

　そこにはラギのように足や手を損傷したロイドがたくさん寝かされていた。空爆にあって負傷した人達だ。

　その光景はあの荒れ果てた庭園を思わせた。

　テントの奥では何人かの医師の手でロイド達が修理を受けている。

「ちょっとそこジャマ！　どいて！」

　その様子を眺めていると、後ろから注意を受けてしまった。

　驚いて振り返ると、負傷したロイドが担架に乗せられて運び込まれるところだった。

「ごめんなさい！」

「いーよ！」

頭を下げると、さっぱりとした調子で即座に許された。

「あれ？　キミ達……」

よく見ると担架を運んでいたのはメイの野球チームの子供達だった。前と後ろで二人、力を合わせて怪我人を運んでいる。

「あ！　メイのトモダチじゃん！」

早速大人達の手伝いをしているんだ。偉い。

担架の前を持つ少年が私の顔をまじまじと見てくる。

「なんだっけ？　アジ？」

「アドだけど」

「そうそう、アド。最近見なかったね。元気だった？」

「えっと」

言い淀んでいると担架の後ろを持つ別の少年……みたいな女の子が口を開いた。

「バカ。その腕見りゃわかんだろー。アドも怪我してんだよ」

「え？　あ、ホントだ！　なくなってる！」

「いや、これは怪我というか」

「痛そー。ならそっち並んでて。悪いけど今は順番待ち！　こればっかりはね！」

「ほら立ち話長い！　急いで運ぶよー。それじゃアジ、バイバイ」

「アドです」

勢いに押されて、私は言われた通りに列の最後尾に並んでしまった。

私って押しに弱いのかなあ。

自分というものを改めて分析するうちに列は消化され――。

「はい次」

流れのまま私の番になってしまった。

そして――また驚かされた。

「待たせてごめんね。開業以来の大行列よ。それでどこが壊れたの？」

私を担当する医師は手元の工具を忙しなく整理しつつ、チラッと私の腕を見て言った。

「あ、腕か。腕ないと不便よね。千切れた方の腕は持ってきてる？」

「ウル」

「ないならとりあえず切断面の応急処置だけしておくけど」

「ウルってば」

偶然私が並んだ列を担当していたのは他ならぬウルだった。

彼女は疲れきった顔で目の前の患者の顔を確認し、それが私だと分かると槍で胸を一突きされたような顔をして、持っていた工具を地面に落とした。

ウルは自分自身もあちこち傷を受けていた。そんな状態で彼女はここでずっと他のロイドのために治療を続けていたんだ。

私は言うべき言葉を精一杯考えた。

その末に出たのはこれだ。

「……えへ」

一番よくない選択をしてしまった気がする。

でもウルになんて言えばいいか分からなくて――。

「ア……」

「心配かけてごめん！　怒らないで！　自慢じゃないけど、さっきメイとラギにも怒られて私の心はすでにヘロヘロだから………ウル？」

ウルは左の目から涙を流していた。

「あの……あのっ！　なっ……！」

「アド、おかえり」

情けなくうろたえる私の懐に、そっとウルが入り込んでくる。

背中に回された手がこれ以上ないくらいに優しかった。

それは出会ってから今までで一番長い抱擁だった。

いいや、こんな私が誰かに触れるなんて、絶対によくないことだと分かっているのに、私はウルに触れ続けることを止められなかった。

魂――みたいなものが、どうしようもなく接点を求めていた。

「……ウル。泣かないでよ」

抱擁の後で私はウルの頬をつついて言った。するとウルは今初めてそのことに気づいたという様子で頬をぬぐった。

「……あれ？　あ、これは違う違う。さっき瓦礫が頭に当たって、それからちょっとオイル漏れ気味なの。人間じゃないんだから涙なんて流さないよ」

「え？　そうなの？」

「そうなの」

「でも泣いたってことでいいじゃない」

「だから違うってば」

「泣いたでしょ？」

「うっせぇわ！　それはそうと！　心配かけて！　こんなに汚れて……今までどこに！」

やっぱり叱られた。

「お叱りは今度聞きましょう」

「なんで偉そうなのよっ。ハチミツの瓶一つ残していきなり消えるから……何があったのかと」

ああ、あのとき落とした瓶、ウルがちゃんと見つけて拾っておいてくれたんだ。

「あのね、いろいろあったんだよ。だけど私、帰ってきたよ」

今は片腕しかないけれど、気持ちとしては両手を広げたようなつもりでそう宣言した。

「あのね……私はてっきりまたフラッとどこかに消えちゃったのかと……。うぅ……おかえり」

「よしよし。泣かないで」

「だから泣いてない！」

私は改めてウルの胸に鼻先をうずめて目を閉じる。鉄と油の香りがした。

今となっては大好きな香りだ。

「どっちが心配してるんだか」

振り向くと同じテントの入り口にメイが立っていた。

「覗くな冷やかし」

ウルは恥ずかしそうに私から体を離した。

「こっちは患者を連れてきたんだぞー」

続いて脚を負傷したラギを背負ってオドがテントに入ってくる。その足元にワインダーⅡもくっついている。

「また派手にやったわね、ラギ」

ラギの脚を見てもウルは私のようにうろたえたりはしなかった。

「うーん、これなら新しいのを造って換装した方が早いわね」

そうしてテキパキと損傷をチェックしてやるべきことを見定めた。

「ラギ、それでもいい？」

「いいわ。ウルにまかせる」

「半月で前よりずっときれいな脚をプレゼントするよ」

まったく躊躇《ちゅうちょ》しない二人の関係性を、私は素直にかっこいいと思った。

避難所の周りがにわかにざわつき始めたのはそのときだった。

「始まったぞ」と外で誰かが叫ぶ。

私達は顔を見合わせてからテントを出た。

たくさんのロイド達がなにやら忙しなく話し込んでいる。

てっきり空爆の第二波が襲ってきたのかと思ったのだけれど、そうじゃなかった。

「なにかあったんですか？」

地べたに座り込んでいるおじいさんに声をかけてみる。

「ああ、あったとも。それも大事《おおごと》さ。帝国軍によって王都が侵攻されたようだ。今し方ラジオ放送があった。公式なヤツだよ」

「王都……？」

「知らんのか？　王国の中枢都市だよ」

「えっと……」

王都。

侵攻。

軍隊。

登山家が出発前に荷物の点検をするように、私は頭の中でその話を細かく区切って一つずつ順番に並べてみた。

それってつまり——。

「本格的に戦争が始まったんだ」

私の後ろでその言葉を聞いていたウルが低い声を出した。

これは後でウルから聞かされて分かったことだけれど、実のところ、私が塔に閉じ込められているこの一月の間に戦況はすっかり一変していたらしい。それもよくない方に。

「次の雨も近い、かな」

瓦礫を手の中で弄びながら、オドがそんなふうに言った。

＊

五日が過ぎた。

その間に一つ決まったことがある。

ワインダーⅡの落ち着き先だ。

それについては私達の間でしばらく話し合いがあったけれど、結局私と一緒にウルの家で面倒を見るということになった。

「うちは孤児院じゃないんだけどな。でもワインダーはアドに懐いてるんだから仕方ない」

ウルは優しいため息をついていた。

ドォォ……

かなり遠くで地鳴りのような音が響く。

「また落ちたんだ」

思わずつぶやいてしまう。

オドの予報通り、あの日以来エルゥエル島には毎日のように帝国製のミサイルが降ってくるようになった。

私はというと、毎日ミサイルを掻《か》いくぐりながら屋上で庭園の手入れをしていた。一秒でも早く花の世話を再開したくてたまらなかったから。

幸いにして——というかなんというか、初日に比べればミサイルはずいぶん散発的だったので今のところ身の回りに致命的な被害は出ていない。

世話を再開して私が最初にしたことは、枯れてしまった植物を根元から引き抜くこと。そしてそれを海辺に運び、そこで焼くことだった。

そう、焼いた。

なにかの儀礼みたいに海辺で。一人きりで。

潮騒《しおさい》と茎の爆《は》ぜる音を聞きながら立ち昇る煙を眺めていると、あの朝町中から上がっていた黒煙が思い起こされた。

ウルが元通りにつけてくれた腕は今日も支障なく動いてくれている。でもそれはもう私にとって、いいいいいい、私のじゃない誰かの腕になっていた。


海辺からラギのマンションに戻る途中には、島の目抜き通りを横切る必要がある。

町のいたるところに空爆の傷跡が残っていて、場所によってはワンブロック先へ進むのにも苦労した。

交差点に大型トレーラーが垂直に突き刺さったまま放置されていて、その付近の路面は三十度の角度にめくれ上がっていた。

用心してそこを越えると、どういう経緯があったのか、道の脇にバスタブが一つ置かれていた。

きっと爆風でどこかの家から飛ばされてきたんだ。でも、それにしては目立った傷もなくやけに美しかった。将来的にそこに建つかもしれない建物を、気の早いバスタブが道端に居座って待っているようにも見える。

と、そこへ数人のロイドがやってきて、私が見つめている前でそのバスタブをえっさえっさと運んでいってしまった。

私もその場を後にする。

そう、町はもう復興に向けて動き始めていた。

昨日と同じようにパンを焼いたり、穴だらけになった道を補修したり、行方不明者リストを役所の前に張り出したり。

誰もが懸命に働いて、日常を再開しようとしている。

みんな、ここでの暮らしが好きなんだ。

言葉でなく、情景がそう訴えかけてくる。

けれどこれはいつまた壊されるとも知れない、細くて危うい線の上での復興だ。

「あ……」

また足が止まった。

次に道端で見つけたものはバスタブどころの騒ぎじゃなかった。

異形の残骸。

それは破壊されて動かなくなったデイジーだった。

町中を注意深く歩いてまわれば、同じような残骸がいくつか目に留まるはずだ。

帝国がエルゥエル島に放った無慈悲な兵器デイジー。

これは後で知ったことだけれど、あの朝島に降下してきたデイジーは、私が見た三体の他にもまだいたようで、各地で多数の被害者が出ていた。

町のロイドみんなで力を合わせてなんとかデイジー・シリーズを破壊、停止させたんだとウルは言っていた。

花の名のついたデイジー。

顔が砕かれている。文字通り、徹底的に。

平穏な生活を守るために発揮されたロイド達の暴力性。その必死さはきっと私の中にも眠っている。

考え込んでいると反対からやってきた一体のロイドとぶつかりそうになった。彼は私を見てギョッとしたような顔をして道を譲った。

危険な肉食動物に出くわしたみたいな反応だった。

あの日、私がデイジーにしたこと。

恐ろしいこと。

それを目撃していたあの住人から噂が広がったのかもしれない。

私は視線に気づかないふりをして先を急いだ。

庭園はこの一月のダメージから立ち直りつつあった。

じきに失われたラギの足も元通りになる。

そうして多くの事柄が元の形に戻ろうとしていた。

けれど私の体の錆は少しずつ、でも確実に広がっている。

＊

その晩、私は差し入れのお弁当を持って、ウルのいる球場に足を運んだ。

球場では空爆にあって住む場所を失ったロイド達が仮設住宅を建て、身を寄せ合って生活していた。

いまだに破損した体の修理を待つロイドもたくさんいて、ウルはそんな彼らのために毎日遅くまで働いていた。

だから彼女とはここ何日もまともに会話ができていなかった。

今日こそはと期待して、球場に着いてからしばらくタイミングを見計らっていたけれど、テントの中のウルがあんまり忙しそうだったから、結局私は近くにいた別の医師にお弁当を託してその場を後にすることにした。

お弁当と言っても、まったく彩りのかけらもない非常食みたいなものだ。

「やあ、ご苦労さん。君、あそこの畑をきれいにしてる子だろう？」

ガッカリしながら歩いていると、球場の出口付近で大きな体を持ったロイドに声をかけられた。

「はい。知ってるんですか？」

「そりゃ知ってるさ。ロイドらしからぬ珍しい仕事を始めた子がいるって噂になってたからね」

思ってもみなかったことを聞かされて恥ずかしくなってしまう。

「でも一人で大変じゃないのかい？」

「えっと……大変だけど、大丈夫なんです。最近、手伝ってくれる子ができたので」

「へえ、そりゃなによりだねえ。あ、引き留めて悪かったね。じゃあね！　おっと、いけない」

男は私に手を振ってくれたけれど、そのせいで仮留めしていた腕が地面に落ちてしまった。

慌ててお辞儀をしてその場を去る。

ちなみに手伝ってくれる子というのはワインダーⅡのことだ。

最初に屋上へ連れてきた日以来、あの子はすっかり花の世話に夢中になっていた。

その熱意に押される形で、私もついあれこれと教えてしまっている。

けれど正直なところワインダーⅡは失敗してばかりだ。でもそれは仕方のないことだ。ロイドである限り、命を育てることはできないのだから。

それでも彼女はその熱意と好奇心で腐ることなく花と向き合おうとしている。できることを探そうとしてくれている。

そんな関係性もあって、私はいつの間にかⅡというナンバーを省略して、あの子を単にワインダーと呼ぶようになっていた。

たった一輪でもいい。

兵器として造られ、運用されてきたあの子が花を芽吹かせることができたらどんなにいいだろうと思う。


球場を出て暗渠《あんきょ》の真上を通る道を歩き、公園に入る。

そこは今では住民達が物資や情報を交換し合う場所になっていた。

ここを突っ切れば家までの近道になる。

「アド」

その途中、少し離れたところから声をかけられた。

思わずキョロキョロしてしまう。

「こっち」

「あ、オド」

オドは公園の片隅に座り込み、自前の小型ラジオから流れる音楽を聴いていた。

空には満天の星。手元にはよく温められたコーヒー。

「なにしてるの？」

「大好きな曲が流れるまで、さっきからここでこうしてラジオを聴き続けてる」

釣れるあてのない魚を待ち続ける釣り人みたいだ。

「しばらくこの拳に使い道がなくなっちゃったからね。今は音楽を流しながら、そこらの瓦礫を道の脇に退けることくらいがせいぜいだ」

こんな状況ではボクシングの試合の目処《めど》も立たず、オドは他の多くのロイドと同じように仕事にあぶれていた。

「今日は本当にたくさんの音楽を聴いたよ。そうしていて分かったのは、それ自体に力が宿っている曲なんてこの世にはないってことだ」

彼女はそんなふうに極端なことを言った。あえて、かもしれない。

「稀にそういうものもあるのかもしれないけど、多くの場合は聴き手が自分の中で自発的にエネルギーを生み出しているにすぎない。パンフレットを見て旅行に行きたくなったとしても、実際にそのパンフレットが旅行に連れていってくれるわけじゃない。パンフレットにはそれ以上の力はない。それはあくまできっかけなんだ。たぶんね」

「でも……物事のきっかけを担うって、それはそれでかなり大切な役割だと思う……ような」

「うん、ボクもそう思う」

要するに今のオドには音楽から自発的にエネルギーを生み出すためにそもそも必要なもの——活力みたいなものが不足しているんだろう。

それから二人で音楽について思い思いに話した。そういうものが幸福の手掛かりとなりうるかどうか、ということについて一緒に考えた。

でもコーヒーを二杯飲む程度の時間じゃ大した真理には辿り着けなかった。

やがてまた一つの曲が終わり、次の曲までの静寂が訪れる。

その静寂にはめ込むようにオドがぽつりと言った。

「ボクはあの日以来、なんだかネジを落っことしてしまったような気分だよ。空回りして、思うように前に進めない」

次の曲が始まる。シンセサイザーの緩やかな和音がフェードインしてくる。

「みんなが踊っているステージの端っこで、一人だけ踊れないでいる子供。今日のボクがそうだ」

「そんなことない。オドは町の復興にその手を貸してるんでしょう？　みんなの助けになってるよ。それに……ラギのことも背負ってあげた！」

私は立ち上がらずにはいられなかった。

「それは……」

「わた……わ……私、見抜いてるからね！　あのときオドは一秒でも早くラギをウルに会わせて安心させてあげたかったんだよね？　大丈夫、脚なんてすぐに直るよって！」

一生懸命訴えかけていると、なぜかだんだん顔が熱くなってきた。

「だから……えっと、だから……オドのネジが一本足りないなら、私のを、あげるよ」

オドはキョトンとした顔で私のことを見上げていた。

「アドのネジがボクにうまくハマらなかったら？」

「う……そのときは私もネジを放り投げてオドと一緒に一本足りないまま生きてく！」

「ええー……」

「そうやって二人で堂々として、これからの時代一本足りないくらいが普通だってことにするの！そうすれば気にもならなくなるでしょ？」

我に返ってまたオドの隣に座る。

「私とおそろいでも……よければ、だけど」

しばしの間沈黙が流れた。その後でオドはコーヒーカップを手の中でくるくる回しながら言った。

「キミがそんなことを言うなんて、びっくりした」

「ごめん……」

「前から思ってたんだけど、アド、キミの声ってなんだか不思議だね」

「そ……そう？」

「うん。ヘンだよ」

「うぐ」

「ごめん。そうじゃなくて、なんていうか……キミの声は物語性を含んでいるような感じがする。ボクの気持ちをヘンにする」

私は首を傾げた。オドはときどき難しい表現をする。

「年代物《ヴィンテージ》の楽器が鳴らす魅力的《チャーミング》な音に近い。ボクのゼンマイの隙間に染み込んでくる」

「んう？」

ますます分からない。

「安心するって意味だよ。ありがとう」

そう言って微笑んだオドの顔こそ魅力的《チャーミング》だった。

その顔を見ていると、どうしようもなく込み上げてくるものがあった。

「オド、あなたは……あなた達はそのままのあなた達でいてね」

「アド、今日はどうしたの？　まるでキミは変わっちゃうみたいな言い方」

「あ……いや、その……ほら！　島がこんなになっちゃってこれから大変だけど、錆びず腐らず頑張っていこうってこと。うん、そういうこと！」

言い訳みたいな私の言葉が夜に溶けていく。

「これから……か」

オドはしばらくの間、なにか疑わしそうな目つきで熱心に自分のつま先を眺めていたけれど、ようやく思い直したみたいにうなずいた。

「うん。そうだね」

私が一つの決心をしたのはその夜だった。

うってつけの朝

朝方にふと目を覚ますと隣でウルが寝息を立てていた。

彼女からは鉄とオイルとコーヒーの匂いがした。

夜通し働いて、クタクタで戻ってきたんだ。

私はそっとベッドを抜け出して着替えをすませ、キッチンへ出た。

中央に丸テーブルと椅子が三脚。

その奥にオリーブ色の冷蔵庫。

多少水垢のついたシンク。

私がこの島で目覚めて最初に目にした光景だ。

でもあのときとは違って、今ではそこにウルと私と、それからワインダーの共同生活の痕跡が刻まれている。

テーブルの下を覗き込むと、そこでワインダーが猫みたいにまるまって眠っていた。

私はそっと家のドアを開けた。

「どちらへ？」

小さな声がして振り向くと、ワインダーが薄く目を開けてこっちを見ていた。幼い声による場違いな丁寧語がおかしかった。

人差し指を口元に当てて「しー」と言いながら、ワインダーの前にしゃがみ込む。

「あのねワインダー、私の代わりにお花のお世話、できる？」

キュイイ、とワインダーの目が忙しなく動いた。こっちの質問の意図を彼女なりに必死で考えているみたいだった。

その後で返ってきた言葉はこうだ。

「やる」

「ありがと」

ワインダーの小さな頭を撫でてから私は家を抜け出した。

水平線の向こうがわずかに色づき始めている。

小道を歩いているとき、遥か上空をオナガリュウが仲睦《なかむつ》まじく番《つがい》で飛ぶ姿を見た。

それをきっかけに私は空を飛ぶことについて考えてみた。

時刻は午前六時前。

南風は微風。視界もよく開けている。

考えごとをするにはうってつけの時刻だ。

本来空を飛ぶはずのない人間という生き物が、機械の力を使って空を飛ぶ。

それはつまり空にいないはずの生き物が空の世界に参加するということ。

空に生態系というものがあるとするなら、それはかなりイレギュラーなことなんじゃないだろうか？

なにも難しいことを考えたいわけじゃない。

花に置き換えたっていいんだ。

ある大陸で咲くとある花の種を、まったく別の大陸に持っていってそこで植えたら？

ありえないはずのものが紛れ込んだ世界。それは世界の本来のバランスを崩し、損なわせはしないだろうか。

　例えばこの世界の、この島に流れ着いた私みたいに。

　だとしたら私はここを去らなくちゃならない。

　この島を出ていかなくちゃいけない。

　私は予定していた通りの時刻に港へ到着した。

　港には大小の船が並んで停泊している。きっとこれから復興のための資材や物資を調達しに行くんだろう。

　船員らしい屈強なロイド達は、船着場の向こうにあるほったて小屋の中で出港までのわずかな時間を過ごしている。

　彼らの目を盗んで私は手近な船に乗り込んだ。

　幸い船は無人で、誰かに見咎められるようなこともなかった。

　船倉には空のコンテナが積まれていた。

　その隙間に器用に入り込む。ここならよっぽどのことがない限り見つからないだろう。

　膝を抱えると、私はゆっくりと目を閉じた。

　このまま出港まで待てば私はこの島を出ていける。

　この船が途中どこの港に立ち寄るのか、それは分からない。あいにくそこまでの下調べはできなかった。

　でも、行き先なんてどこでもいい。

　大切なみんながいるここ以外なら。

　それにたとえ行き先がどんなにひどい場所でも、もう私には関係がないんだ。

ううん。なんならそこが寂しい場所であればあるほどいい。

「いっそ、途中で海に飛び込んでもいいな」

そして漂い続ける。

この島に流れ着く以前のように。

ううん。今度はどこにも流れ着かないように、海底深くに沈んでしまった方がいい。

考えてみるとそれはとてもいいアイデアのような気がしてきた。

「うん。冴えてる」

私は膝に顔を埋めて必死で自分を納得させようとした。

どうせ錆びついた体なんだ。海水に侵食されるのも悪くない。

全身を病の錆に覆われて、支配されて、暴走してしまうよりもよっぽどいい。

そうなる前に――。

「あーあ、私、また逃げ出そうとしてる」

島から、花々から、みんなから、運命から。

ところで海の底は冷たくて暗くて静かで、きっと誰の手も届かないに違いない。

ラギの手も。

メイの手も。

オドの手も。

そして――。

「また家出？」

「う……ぎゃ！」

突然耳元にささやきかけられて、私はおでこと後頭部を交互にぶつけてしまった。

「ウル⁉」

顔を上げると、隣にウルが座っていた。

「どうして……⁉」

「狭いね、ここ。もう少しそっち寄って」

ウルはこっちに肩をぶつけてくる。

そして自分のお尻の置き所を見つけながらマイペースに話し始めた。

「ワインダーってさ、ヘンな子よね。アドも変わってたけど、あれは相当だわ。まるで生まれてから今日まで、ずっと小さな箱の中で育てられてきたみたいになにも知らないいんだから」

私はウルの真意が分からなかった。

なんでここに？

「でも、あの子はあの子でいろいろと考えてるのね。少し見直した」

「ねえ……どうしてここ……」

「あの子が私を叩き起こしてくれたのよ！　アドが行っちゃうって！」

私は言葉を失った。

ウルは怒っていた。

たぶん出会ってから初めて、本気で。

「大急ぎで後を追いかけた。見失わないで……よかった」

彼女はどこか子供みたいに切れ切れに言葉を紡ぐ。慣れない感情を持て余しているみたいだった。

湿っぽい船倉の壁に後頭部をつけて天井を見上げているウルの表情は、絶対に外せないダーツの一投に挑むときのような、静かで厳しいものだった。

「ここが嫌になったの？」

私は首を横に振った。

「広い世界を見てまわりたくなった？」

また首を振る。

「ならどうして島を出てくの？」

「それは……」

「アド」

私は体を縮こまらせ、ウルの次の言葉に身構えた。一体どんな厳しい言葉を投げつけてくるのかと。

なのに彼女はあろうことか私の手をギュッと握ってこんなことを言った。

「行かないでよ。いなくなっちゃ寂しいよ」

「ッ！…………………ウルゥ……」

そのウルの声があんまり優しいものだから、私はもうどうしようもなくなってしまった。

「だって……だってさあ…………！」

「聞かせてよ。この頃ずっとアドのことを悩ませてるなにかについて。それともその体の錆のことを気にしてるの？」

「き…………気づいてたの？」

「そりゃそうよ。隠してるつもりなんだろうけどアンタ、しょっちゅうお腹出して寝てるんだもの」

「うあ……恥ずかし」

「それに塔から戻ってきてから様子がヘンだったし。……まあ、普段からヘンだけど」

私は強張《こわば》らせていた体を少しだけ解いた。

「錆のことなら心配しないで。絶対私が解決法を見つけてみせるから。だからアンタはここに……」

「あのねウル……」

ウルの優しい言葉を全身に浴びながら、私は自分について話す決心をした。

「私ね。思い出したんだ」

自分自身のこと。

「思い出したの。私が何者だったのか」

「アンタ……それ………」

ウルは漏れ出た言葉を必死で止めると、あとはただ辛抱強く私の言葉の続きを待ってくれた。

「私が塔から戻ってきた日、逃げる途中でいろいろあって追い込まれて……自分でもどうしようもない力が溢れちゃったの」

デイジーを焼き尽くしたあのとき、あの瞬間。

「そのときにね、閉じ込められてた記憶が溶け出してきたみたい」

彼女の視線を感じながら、間違えないように、途切れないように、ゆっくり口を開く。

「私ね、大量破壊兵器だったみたい」

こうしていざ言葉にしてみるとそれはとっても陳腐に聞こえた。

でも事実だ。

「大陸を丸ごと焼き尽くす超光子力爆弾。一度は歴史から抹消された技術を蘇らせて造られたのが、私。それがアドの正体」

あるいは、本性。

「造ったのは帝国の人達。大地や人間や植物を跡形もなく焼く。死滅させる。それが私の本来の仕事だったの」

造ったのは帝国の科学チーム。

「私は人間とオートロイドとを融合させて造られたんだよ」

そう言って自分の頭を指差す。

「この中に、とある人間の女の子の脳の一部が組み込まれてる。それが私を動かしてるんだ」

その女の子が誰なのか私自身も知らない。アドという意識を発生させるための器として利用されているだけだから。

「いつかウルも聞かせてくれたけど、きっと人間達は悔しかったんだね。自分達よりも強い肉体を持つオートロイドに偶然自分達と同じ魂――心が宿ったことが。だから、原初の歯車に頼らず、今度は自分達で意図的にそれに近いものを造ろうと足掻《あが》いた」

「アド……」

「つまりね、私の中にかすかに残っていたヒトとしての記憶は、私の素体となった女の子の記憶だったんだよ。私のものだと思ってた記憶は――」

私の記憶じゃなかったんだよ。

「そして完成した私は敵国である王国へ送り込まれた。ただ旅行者の女の子としてその国を訪れ、中心地で爆発するの」

それならレーダーに引っかかることもない、対空ミサイルで迎撃される心配もない。

「それで国が一つ地図から消えるはずだった」

「でもそうはならなかった」

「うん。私は爆発しなかった。誰かを消してしまうことが、それ以上に自分が消えちゃうことが怖くてたまらなくて、どうしても実行することができなかった。ううん、本当はそうですらなかったのかもしれない。私は自分の意思で爆発しなかったんじゃなくて、ただ単に爆発に失敗した出来損ないの不発弾なのかも」

その方が私にはしっくりとくる。

「どちらにせよ、そうして私は自分の仕事を放棄して逃げ出した」

そのためだけに造られたのに、仕事を放棄して逃げた。

逃げ場所なんてどこにもないのに。

思えば私は最初から逃げ通しだった。

「帝国の人達は大慌て。極秘の破壊兵器が命令に背いて逃げ出しちゃったんだから。結局私は帝国の人に散々追い立てられて、それで最後には海に飛び込んだ」

そしてこの島に流れ着いた。

記憶《メモリ》が破損した状態でウルに拾われた。

「でも思い出しちゃった」

私は遥か昔に『二度と繰り返してはならない過ち』と言われ、世界に組み込まれるべきではないとされた存在。

忌むべき技術の結晶。

人間でもオートロイドでもない、ロイド《灰色》の存在。


思えば私は自ら望んで錆を受け入れていたんだ。

世界にあってはならない自分を消し去ろうと。

「私の体の中には今でも破滅的なエネルギーが渦巻いてる。もし錆に食べられちゃって、暴走しちゃって、私のタガが外れてしまったら、触れるだけで相手を融解させちゃうんだよ。ううん。それどころか、なにかの拍子にこの島ごと……誰も彼も消しちゃうかもしれない」

大気を震わせ、一度きりの歌を響かせながら。

「だから、こんな私はここにいたらいけないんだよ」

私は自分の発したその言葉に自分で傷ついた。深く。

「ね？　ウル、分かってよ……」

ウルは好きなだけ私にしゃべらせた後、じっと私の目を覗き込んで言った。

「やだ」

きれいな瞳だった。

「や……やだって、あのねウル……今の話……」

「道でつまずいた拍子に爆発しちゃったらどうしようって心配してるの？　足の小指をぶつけたらって？　あのね、今まで私がどれだけアドのことこづいたり乱暴に扱ってきたと思う？　散々二人でダンスも踊ったよね。私、何度もアドの足を踏んだし、振りまわしたよ。それで力が暴発したりした？」

「して……ないけど、でも私が力の一部を使うところを偶然見てた人もいて、最近じゃ私のことを怖がる人も……」

「そのときのこと私は知らないけど、周りの誰かに被害を出したの？　ロイドを何体か吹き飛ばしちゃった？」

「そんなことしないよ！　あのときはちゃんと思いとどまって、なんとか力を抑えたから……」

「うまくやれてるじゃない。それを一度ちゃんと説明したら？　それで分かってもらえば問題ないじゃない。ね？」

あっさりとしたウルの言い草に私は言葉を返すことができなかった。

「力。コントロールできるんでしょ？　できたんでしょ？」

「そうだけど……それだけじゃない！　最初の空爆の日、あの怖いオートロイド……デイジーが私を捕まえようとしてきた。回収しようとしてたんだよ。アレはきっとまた来る。私がこの島にいる限り、またここに来るんだよ」

何体だって送り込まれてくる。

「そうしたらみんなを巻き込んじゃう！」

「自警団《ヴィジランテ》を舐めないで。荒っぽいことは日常だよ。またみんなで追っ払えばいい。大体アンタ、船で島を出てどこに行くつもり？　言っとくけどこの世界のあらゆる大陸には人間が住み着いてるよ。どこに行っても必ず誰かを危険に晒《さら》すことになる」

「だから……海の底とか」

「ふーん。魚のことはどうでもいいんだ？　懸命に生きる珊瑚礁《さんごしょう》の営みや尊い生態系を犠牲にしてもいいんだ？」

「う……意地悪！」

「アドを引き止めるためならいくらでも意地悪になる！」

怒鳴られて、私はしょぼんとしてしまった。

「でも……でもねウル。私がここに残っても……もう今までみたいな関係じゃいられないでしょ？

だって私、こんななんだよ？」

「アドの正体を知って今更みんなが怖がると思う？　笑っちゃうよね。だってアドだよ？　そもそも爆弾だってことも私、知ってたし」

「え？」

　思いもよらないことを言われて私はその場で腰を浮かせてしまった。

　その拍子にまたもやコンテナに頭をぶつけてしまった。

「ぐぐ……！」

「あっはは。今のでも爆発しないんだから大丈夫」

「ウル……初めから私の正体に……気づいていたの？」

「うん。アドを拾ったとき、診察してて、それで分かっちゃった」

　ウルはまるで遠い昔話でもするみたいに目を閉じた。

「ああ、この子はそうなんだって。本人が自分のことを覚えてないならって思って、黙ってた。ごめん。でもまさかここまでヤバいとはさすがに思わなかった」

「知ってた……んだ……」

　知っていて私を助け、食べ物と服と住む家と――それからとびきりの友情をくれたんだ。

　それでもまだ感情の落ち着けどころを見つけられないでいる私の様子を見て、ウルはしばしなにかを考えていた。

「前に話したこと覚えてる？」

「なに？」

「アドはここは全然違う別の世界から来たんじゃないかって話」

「だから……それはないんだよ。なかったんだよ。だって私が自分の記憶だと思ってたヒトとしての記憶は……全部私を製造《つく》るときに使われた人間の子の記憶で……」

　彼女のきれいな仮説を否定するしかできない自分を呪う。でもウルは気にもしていないみたいに話を続けた。

「その技術なんだけどさ、アドのことがきっかけで実は私も自分なりに調べていたの。それで知ったんだけど、確かにオートロイドと人間を組み合わせる研究は実在した」

「それならやっぱり……」

　言い募る私に構わずウルは続ける。

「でもね、そこで使われる人間の素体って、クローン技術で培養して造ったものらしいのよね」

「クローン……？」

「その様子だとアドもそこまでは知らなかったみたいね。つまり本物の人間とは別物ってこと。倫理的な壁もだけど、適合性や拒否反応の問題からその方法が取られてるんだって。疑うなら後で資料を見せてあげたっていい」

「それって」

「お察しの通り。親から生まれて色んな経験をして成長した人間とは違って、クローンには思い出自体がない。人工臓器と一緒だからね。もしかしたら培養されているクローンにも私達と同じ意識みたいなものがあるのかもしれないけど、少なくとも人間としての思い出は、そもそも体験してないから存在もしないはずなのよ」

「それなら……私がうっすら覚えてる思い出って？」

「だから、それこそアドがもともとどこかの世界で生きてた証《あかし》なんじゃないかって言ってるの。ほら、前にも言ったでしょ？　アドの意識や魂はよその世界からここに流れ着いたんじゃないかって」

「う…………うひあー」

「なによそのヘンテコなうめき声は」

新たに聞かされたウルの仮説に、私の頭はショートしてしまいそうだった。

「悩み、少しは晴れた？」

「ような……気がする」

「よかった。みんなにもこのことを正直に話すのよ」

これは……もう、観念するしかなさそうだ。

もちろんまだ、すべてに納得して受け入れることができたわけじゃないけれど――。

そのとき、船体がブルルと震え、汽笛が鳴った。

「あ！　船が出ちゃう！　アド、あれこれ考えるのは後！　とにかく降りよう！」

大慌てで立ち上がる。

二人揃って頭をぶつけた。

心仕掛けの島

ウルは港を出てからずっと私の手を引っ張って歩いた。風船が飛んでいかないようにしているみたいだった。

そうして二人で長い坂道を登り始めたとき、坂の上からメイが大慌てで走り降りてきた。

「い……いた！　探したぞ！」

「メイ、どうしたの？」

「今、ニュースで！　帝国の艦隊がこっちに進路を向けたって！」

「こっちって、この島⁉」

「オマケにどうも目的は武力制圧じゃないかって」

「どうしてそんな……！」

その言葉とメイの声色だけで、それがいかに不穏なニュースかが伝わってきた。

「とにかく来い。ラギの家に集まろう！」

三人連れ立ってラギのマンションを訪ねると、示し合わせたみたいにオドも訪ねてきていた。

「王都を攻めてる最中にわざわざこっちにも手を伸ばすなんて、帝国ってよっぽどこの島を手に入れたいんだね」

「ってよりさ、欲しいのはロイドだろ。だからっていきなり武力行使ってさー」

オドにぼやきながらメイは長い髪を手早く結う。

「あたしらと対話するって発想はないのかね」

「機械と同じテーブルにつく気なんて連中にはないだろうね」

「そりゃそうだ。それに考えてみればさ、連中が送り込んできた可愛いデイジー・シリーズ、島のみんなで協力してぶっ壊しちゃったもんね。敵意ありって判断されたのかも」

「自分から蛇の巣穴を突っついといて指を噛まれたって騒ぐ子供みたいだ」

私は部屋の入り口に突っ立って二人のそんなシニカルな会話に耳を傾けていた。するとキッチンの方からラギが顔を覗かせた。

「アド、手伝ってくれる？」

私は漂う香りで彼女の意図を汲《く》んだ。

「うん」

ラギと二人で人数分の紅茶を淹れる。

「こんなときだからまずは温かくして落ち着かなきゃね」

こんなとき。

そうだ。その通りだ。

ついさっきまでこの島を離れようとしていた私のあれやこれやは、新たなニュースにすっかりかき消されてしまった。

「ラギ、新しい脚はもうすぐ？」

彼女は車椅子だった。

「ええ。実はもう試着もしてみたのよ。最後の調整をすれば明日にでも、ってウルが。あの子、ほとんど休まないで私の新しい脚を造ってくれたのよ」

「そうなんだ！　よかった！」

よかった。本当に。

ラギの肩に手をやって深く息をついているとオドがリビングからやってきて、なにも言わずにカップを運ぶのを手伝ってくれた。

みんなにカップが行き渡ったのを確認してから、オドは持参のラジオを掲げた。

「今朝からかじりついて聴いてた」

「王都の方もかなり危ないらしい。帝国軍の勢いは苛烈、だってさ」

「王国は負けるだろうね」

ウルは言葉を濁さなかった。

「まずいわね」

「王国が負けることが？」

「違うよアド。人間様が誰に勝って誰に負けようと私達にはどうでもいいこと。心情的にはね。でも、この島は王国が保有してる」

「うん」

「この何十年か、国王の決定次第じゃこの島のロイドはいつ一斉に処分されてもおかしくなかった。だけどそうはなってない。ありがたいお慈悲のおかげね。まあ実際は世界中にまだ身を潜めてるロイドや、一部の国民の反発を恐れて二の足を踏んでただけって言われてるけど。ともかく曲がりなりにもこれまで私達がここで平穏に暮らせていたのは、そうして王国がこの島に囲いをして隔離して、良くも悪くも無視してくれていたからなんだ。でももしその王国が他の国の属国になったら？」

ウルの問いかけに私は答えを返せなかった。本当に出来の悪い生徒で申し訳ない。

「そうなったら帝国は新たに得た領地を細かくチェックして、自分達のために好きに作り替えていく。

私はそう思う」

「あそこはそういう国だよ」とメイもウルに同意する。

「この島も？」

「そう。だからよくないのよ」

「これまでみたいな生活ができなくなる……？」

私は隣に座っているラギに小声で尋ねた。

ラギは一度じっくりと瞬きをしてから口を開いた。

「アドは知らないかもしれないけれど、帝国は王国とは違って私達のような『思考するオートロイド』に兵器として興味を抱いてるのよ。もっと積極的に研究して、領土拡大に役立てたいって考えてる。アドが連れていかれたあの研究施設みたいにコソコソしたりしないで、もっと大っぴらにね」

塔の中の研究施設。私にとってはあそこでも充分ひどい体験だった。でもラギの話からすると、それどころじゃない扱いを受けるかもしれないらしい。

「そしてこの島にはそんな彼らが興味を示す研究対象、ロイドが山ほど集まっている。そんなものを帝国が見逃すはずない。当然、この島へ乗り込んできて好き勝手するでしょうね」

「土足でな」

ラギの言葉をメイが滑らかに引き継いだ。

「私達、戦うための兵器にされちゃうの……？」

「そうだよ。アド、言うまでもないけど兵器に造り替えられるって例えばこういうことだぞ。おまえは明日から兵隊だ。敵国へ乗り込んでなるべく多くの人間と同胞を殺せ」

「そんなのやだ！　だって私は……」

「植物を育てる仕事？　歌うことが好き？　そんなものは知らんね。さあ、今からその左腕を機関銃に造り替えてあげよう。人間を殺すのに不便しないように」

「ひどい！　なんでそんなこと言うの！　メイ嫌い」

「た、例えばの話だってば！　あたしは分かりやすく説明しようと……え？　ホントに嫌い？　うそでしょ？」

「まあ、メイの言い方はちょっと露悪的すぎるとしても」

私達のやりとりに苦笑しながらウルが話を引き取る。

「結局そういうことなのよ。人間のお偉方は私達の特異性《レアリティ》には期待を寄せてるかもしれないけど、人格を尊重するつもりも、人権を認めるつもりもないの。こっちの意見なんて無視して好きなように利用するでしょうね」

「そういう人達がここにやってきたら、もうこれまでみたいな暮らしはできなく……なる？」

私の質問にはウルもメイも答えてくれなかった。

それからみんなは思い思いに言葉や深刻な意見を交わし始めた。

「ここへ来る途中、町のみんなもあれこれ議論し合ってたわ。早速移住の相談をしてる連中も」

「島を出てロイドの新天地を見つけるって？　そんな場所がそうそうあるもんか！」

「そんな時間の余裕ももうなさそうだよ」

オドがラジオのボリュームを大きくする。

すでに無数の戦闘用オートロイドを積んだ帝国の艦隊がエルゥエル島の目と鼻の先に到着。陣形を取り終えつつあるとアナウンサーが報じている。

「神様はボクらに方舟《はこぶね》なんて用意してくれないみたいだ」

「だからってこのままなにもしないで……！」

自分達に残された時間があとわずかしかないことが分かって、みんなは目に見えて焦り始めた。

「迎え撃つような武器も、逃げ出す方法もない。これじゃ手詰まりね。他人のバースデーケーキみたいに、ただ切り分けられるのを待つだけなんて！」

初めて見せる余裕をなくしたウルの表情。

その不安がみんなにも伝染していく。

ああ――。

みんなと目的もなくおしゃべりするのは好きだ。でもこんな議題について話すのは嫌だ。絶対に嫌だ。

だけどみんなも不安なんだ。

なにかを考えずにいられないんだ。

私はというとなんの発言もできず、窓から見える青空をただ眺めていた。

きれいな色。

そうするうちに脳裏に色んな情景が浮かび上がってきた。それはさっき自分で口にした『これまでみたいな生活』という言葉が引き金になっていた。

早朝の湿った土。

ウルと一緒に干す洗濯物。

誰にもジャマされず海の底を泳ぐメイ。

博物館の廊下をゆっくり歩くラギの衣ずれ。

真夜中、たった一人でランニングするオドの心地いい足音。

誰にも咎められずに芽を伸ばす植物。

「あの庭園も壊されちゃうんだ」

言葉にするつもりはなかったのに、そう口にしてしまっていた。

みんなはまだ話し合いを続けている。

何台かのトラックが荒っぽく表を通り過ぎていく音が聞こえた。

私は誰にもなにも告げず、そっと席を立って部屋を出た。

そのままマンションの階段を上り、屋上へ――。


空は本当に呆れるほどよく晴れている。

見上げるとちょうど最後の一つの雲が掠れて消えていくところだった。

西側に立つ建物の隙間から指一本分程度の水平線が見える。

そこに、小さな黒い粒がいくつか見えた。

無慈悲な帝国の艦隊だ。

もうじきあそこから大量の制圧用兵器が射出されるんだろう。

あの空爆の朝みたいに。

そして島に降り立った無数のデイジー達は粛々と町を制圧する。抵抗するロイドがいれば容赦なく破壊する。

同時にあの日取り逃した私を今度こそ確実に捕獲しにやってくるだろう。

水平線から目を逸らして私は何度か深呼吸をする。

あたりに耳を澄ませる。

申し分なく、静かだ。

この屋上にいると、道端の喧騒も聞こえてこない。

日々の中には、稀に静寂が必要な瞬間というものがある。

できれば静かな方がいい——というのではなく、どうしようもなく、切実に静寂が必要となるひときがある。

私にとってそれが今だ。

その静寂を充分に吸い込んだ後、私は初めて着る服に体を馴染《なじ》ませるように、何度か体を捻った。

そして——虚空に向けて声を限りに叫んだ。


「ざっけんなあああああああああああああああああぁぁぁぁぁ！」


それから知っているものの中でも、一番汚いと思える言葉を吐いた。

そのまま二番目と三番目の言葉も叫ぶ。

空や地面、隣の建物の壁。

無軌道に言葉をぶつけていった。

とにかく今の状況に文句を言ってやりたかった。

罵倒《ばとう》してやりたかった。

こんなに大きな声を出すのは生まれて初めてだった。

上手に叫ぶことができず、情けない声しか出ない。

それがあたりに反響する。

向かいのビルの一室で荷物をトランクに詰めていた住人が驚いた顔でこっちを見ていた。

構わない。どうせなら世界中に届いてしまえ。

叫んで、叫んで、吐き出し尽くす――。

やがて推進力を失った飛行機のように、私はゆっくりとその場に膝をついた。

なんてちっぽけな声だろう。

どこにも届くはずがない。こんなものでは。

土を掴んで手のひらに載せ、その重みを確かめる。握りしめて柔らかさを確かめる。今日までこの屋上で何度も繰り返してきた行為だ。

そのとき――視界の奥に色が見えた。

見間違い？

なにかを錯覚するなんて、まるで人間みたいじゃないか。

両目をこすってもう一度確かめてみる。

でもやっぱり間違いなく色はそこにあった。

庭園の隅っこで、小さな花が咲いていた。

「あ…………ああ！　わあぁぁっ！」

私は地面を這うようにしてそっちに近づき、間近で花を眺めた。

思わず触れかけて、手を引っ込める。

空とそっくりの色の花が慎ましくそこに開いていた。

たった今吐き出したたくさんの言葉は、すでにあたりからかき消えていた。

私は花に触れぬよう、けれど包み込むようにしてその場にうずくまった。

世界の全部から守るみたいに。

そのままどれくらいの時間が過ぎただろう。

ふと、肩に触れるものがあった。

振り向くとウルが私の隣にしゃがみ込んでいた。

「咲いたのね」

その一言が私の胸を突き、優しく締めつけた。

「………うん」

ウルの後ろには他のみんなもいる。

メイはなんてことはないぜ、というような顔をしてそっぽを向いていたけれど、一つ咳払いをしてこう言った。

「あー、アド。悪態つくなら今度もっと汚い言葉を教えてやるよ。人間達もびっくりするようなヤツ」

「「ダメ」」

それに対してラギとオドの声が重なる。

二人は互いに何かを譲り合っていたけれど、結局代表してオドがこう言った。

「アドは怒鳴ったり泣いたりするより、歌ってる方がいいよ」

そんなことを言うから、私はとうとう大声で泣いてしまった。

どうしたってこらえきれなかった。

なにも流れないと思っていたのに、両方の目からとめどなく液体が溢れ出てくる。

「そうね。アドの歌はちょっとユニークで、だけど私達の心を温めてくれる。私の顔の痣も、少しだけ悪くないって気にもさせてくれる。ウルもそう思うでしょう?」

「私はそこまでベタ褒めする気はないけど、まあ、家の中から歌が聞こえてきたらちょっと安心はする、かな。ああ、アド帰ってきてるんだって」

この透き通った液体。これはウルの言ったようにやっぱり単なる水かもしれないし、オイルかもしれない。

まったく別のなにかかもしれない。

でも、なんだっていい。

泣きながら私は一つの新しい決心をした。

目元をぬぐいながら立ち上がる。

その間、誰も言葉を発しなかった。この瞬間に差し挟むべき言葉を、まだ世界の誰も発明できていない。

胸のうちの激しい渦のようなものが収まるのを待ってから、口を開く。

「みんな、今からわがまま言ってもいい？」

その瞬間、みんなが軽くどよめいた。

「聞いた？　アドがわがままだってさー！」

「ついに思春期？」

「反抗期じゃないかしら？」

「……みんな私をなんだと思ってるの」

「で、なに？」

ウルが優しく促す。

私は真摯な気持ちで訴えた。

「私、この花を……島を守りたい」

「帝国から？」

「全部から」

「それは確かにわがままね。特大の」

「そりゃ、あたしらだってできることならさー」

メイが夢見るようにつぶやく。

「だから私、やれるだけのことをやってみます」

私のその言葉の意味を、その場の誰もが測りかねているみたいだった。

「アド……？」

みんながこっちを見ている。

うそ――みたいだ。

こんなふうに誰かから見つめてもらえるなんて。想ってもらえるなんて。

以前の私は世界の脇役だった。覚えてないけれど、覚えている。

でも今は違うと思える。

「やれるだけって……なにを言ってるか分からないよ、アド」

「ウル、私も頑張る。だからみんなも頑張って。ここはみんなが主役の世界なんだから！」

私が叫ぶのと同時に、ワンブロック向こうの建物が爆ぜた。

「なにかが降ってきたわ！」

ラギの言った通り、建物に黒いくさび型の装置が突き刺さっている。

そこから出てくるモノが何か、今となってはみんなもよく知っていた。

メイが叫ぶ。

「あ！　こないだ町を荒らしまわってたヤツ！」

デイジーだ。

「早速攻め込んできたな。あちこちに降ってくるぞ！　みんなで止めなきゃ！　あ！　あたしのバット！　どこやったっけ⁉」

メイは慌ただしく自分のポケットを弄《まさぐ》っている。

「そんなとこに入ってるわけないでしょ。ごめんだけどアドの話はまた後でね。みんな行こう」

ウルが落ち着いた様子を見せると、みんなもそれに続いた。

「呼び鈴も鳴らさないでいきなり降ってくるのは失礼」

「オドの言う通りね」

「ほら、アドも行くぞ！」

メイに手を引かれ、マンションを出た。

＊

私達は人の集まりそうな場所を目指して、マンションから五百メートルくらい離れた場所にある五差路の大きな交差点へ向かった。

到着したとき、そこではすでに逃げ惑うロイド達の波ができていた。あちこちでデイジーに追いやられている様子が見える。

「すごい数……」

ラギが苦しげに漏らす。

「その分、前みたいにミサイルが飛んでこないところを見ると、やっぱり帝国は私達を破壊せずに捕獲して、島をきれいな状態で手に入れるつもりみたいね」

「手分けしよう。島の南に入り組んだ森があったでしょう。みんなをそこに避難させて対策を考えるのよ」

ウルの考えにみんなが賛同し、別行動をすることになった。

メイ、ラギ、オドがそれぞれの方向へ走り出す。

その後ろ姿を見送った後で、ウルが私に声をかけた。

「アド！　アンタは私と一緒にこっちに…………アド？」

でも、そのとき私はもう進むべき方向を決め、足を踏み出した後だった。

「……なにしてんのよアド。どこ行くの？」

「私はこっちに行くよ」

「だからアンタは私と一緒に来るのよ！」

「今は手分けして少しでもたくさんの仲間を助けないと。でしょ？　私だけウルの後ろにくっついてまわるわけにはいかない」

「だけどアンタは特別デイジーに……あいつらに狙われてるんでしょ？」

背中越しにウルの声を感じる。

「私なら大丈夫だよウル。それよりもワインダーのこと、お願い。あと、あの子に伝えておいて。『庭園の花のこと守ってやって。時間はかかるかもしれないけど、あなたならきっとできるから』って」

「そんなこと、自分で……言いなさいよ」

「……ごめん、ウル。私は私にできることをやりに行かなきゃ。やりたいんだよ」

「なによ急に……弱虫のくせに強がって」

「……バレた？　実はかなり……むむ、無理して強がってる」

「やっぱりね」

ウルがため息をつく。私がバカなことを言うたびにいつも聞かせてくれた、あの優しいため息だ。

「分かった。それじゃまた後でね。ちゃんと戻ってくるのよ。これ、適当な口約束じゃないから。絶対だから」

「うん」

振り返らず踵を鳴らして駆け出す。

来たばかりの頃は右も左も分からなかった町を、迷いなくまっすぐに駆け抜ける。

「アド！　頑張れ！」

遠くで愛《いと》しいあの声が響いた。

それでもう――私は大丈夫になった。

脇役《アド》の唄

一度も立ち止まることなく辿り着いたのは島の西側の浜辺だった。

混じりっけのない白い浜辺に足跡を残しながらさらに走る。

背後から聞こえるのはあの忌まわしい駆動音。

ここへ辿り着くまでの間に、すでに私はたくさんのデイジーに発見されていた。

純真無垢《むく》な彼女らは捕獲対象を発見すると、連なるようにして私の後を追ってきた。最優先で捕まえろとプログラムされてでもいるみたいに。

なんて数。でもあれだけの数を私一人に引きつけることができたのは儲《もう》け物だ。その分町のみんなが避難しやすくなったはず。

「あとは私が頑張るだけ……なんだけど、泳いであそこまで行ける……かな」

前方に捉えているのは沖に並んで停泊している帝国艦隊の群れ。

悲劇的なオペラを貴賓席から観劇する貴族達のように、心地よさそうに波に揺れている。

ジャンプ——それからまたジャンプ。

海面から突き出た丸い岩場を飛び移りながら、私はなるべく艦隊との距離を詰めていった。

最後の岩場から跳躍し、頭から海に飛び込む。

海中に深く沈み、メイの美しいフォームを思い出しながら泳ぐ。

すぐに体が重くなった。

私の足にデイジーが取りついていた。

一体、二体、もっとたくさん。

水の向こうで光る彼女達の目。

ダメ。ジャマしないで。

真っ白な怒りが胸の中で膨らむ。

すぐに体内が熱くなってきて、周囲の海水が一瞬で沸騰した。

グヌリ
鈍い音を響かせて私の足を引っ張っていたデイジー達が溶けていく。

「力……そのまま……！」

自分の中のエネルギーを必死にコントロールする。

「わがまましないで！」

大丈夫だ。やってやれないことはない。

浮かび上がってこられないということはない。

必死で水をかく自分の手。

そこに、さっきまではなかった錆が広がっていた。いや、それどころかこうして見ている間にもその侵食は進行していく。

まるで私の中の力と連動しているみたいに。

でも、もううろたえたりしない。怖がったりしない。

悪いけど今は構っている場合じゃないの。

これを——この力を使ってみんなを守るんだ。

全身が錆びついて、私の形がなくなったって——。

今の私が私なりにやれることはそれだけだ。

もしかしたら長い目で見たらこんな決断は間違っているのかもしれない。

でも今はそうすることしか思いつかない。

きっとウルも、みんなも分かってくれる。

私は一度海面から顔を上げて方向を確認した。

方角は分かったけれど、改めて艦隊との距離に絶望する。

こんな調子で泳いでいたんじゃ日が暮れてしまう。その間にみんながどうなってしまうか——。

メイならきっともっと速く泳ぐのに——。

考える暇もなく、すぐに肩と頭を容赦なく押さえつけられて海中に引き戻された。

デイジーだ。次々に集まってくる。

けれどよく見るとさっきと形《フォルム》が違っていた。

まるで人魚のようなヒレをつけている。水中での動きがさっきのと全然違う。

水中用？

沖の艦から次々に投入されているんだ。

「ダメ……このままじゃ……！」

いくら抵抗してもキリがない。

水中を引っ張りまわされて、もう上を向いているのか逆さになっているのかも分からない。

デイジー達によって体をへし折られてしまうのは時間の問題だった。

それなのに——途中から私は心地いい浮遊感を覚えていた。

不思議。

気のせい？

違う。実際に体が海面に向けて浮かび上がっている。

「ぎゃバボ！」

なにが起きているか悟って私は思わず水中で声を上げてしまった。

やがて自分の体が再び海面に出たところで、私は改めてその名を叫んだ。

「ハーニエル！」

お尻の下に感じる透明で柔らかな感触。

私はハーニエルの果てしなく巨大な背中の上にいた。

ハーニエルは半透明の触手を四方八方に伸ばして、近づいてくるデイジーを片っ端から捕獲していた。

「た、助けてくれたの……？」

問いかけてみるも、答えはない。

彼女はこの海原に突如紛れ込んだデイジー達を異物だと察知して、ただ本能のままに排除しようとしているだけなのかもしれない。

なにが異物でなにがそうでないのかを決められるのは他の誰でもない、ハーニエルだけ。

デイジー達はあらゆる攻撃方法でハーニエルに反撃を試みていたけれど、いくら貫かれても焼かれても刻まれても、ハーニエルの体はすぐに再生した。

不死のハーニエルにはどんな攻撃も意味をなさなかった。

「うわっ……わっ！」

手近な異物をあらかた消化し、浄化し終えると、ハーニエルは進む向きを変えて速度を上げた。その見た目、巨体からは想像もつかないスピードだ。

進む先には帝国の艦隊が待ち構えている。

私はハーニエルの背に手のひらを当てて目を閉じた。

「こんなこと言われても困るだろうけど、でも言わせてハーニエル。ありがとう」

頭上で並走するように飛んでいるのはオナガリュウの群れだ。

彼らはただそうして飛んでいるだけ。争いごとなんかには関与せず、ただ珍しいものを見物に来ただけという顔だ。

巨体が水をかき分けてぐんぐん進む。

水しぶき。

入道雲。

気づけば艦隊はもう目の前だった。

私は広い背中から滑るように降りて海に飛び込んだ。

「もう充分。ここからならやれるから！」

大きく手を振るとハーニエルはしばらくその場に止まっていたけれど、やがて体を回転させるようにして海の中に沈んでいった。

私はすぐ近くに突き出た小さな岩場に足をかけて登った。

体が重い。

でも大事なのはここからだ。

艦隊に接近したことで、私はそれぞれの巨大な砲塔が島の方を向いていることに気づいた。

侵攻作戦があまり長引くようなら、火力で黙らせてしまえ。

そこにはそういう意図がありありと表れていた。

「させない」

いいいいいいいい、想いに力を込める。

私の中の危険な熱を制御するんだ。自分の意思で使いこなしてみせるんだ。
あらゆる命を傷つけず、発射されたミサイルとデイジー達だけを溶かす。
そう。うまくやれば大砲を無効化して艦隊を退かせることだってできるはず。
そうすればあとは……きっとみんなが島を立て直してくれる。
だから震えるな。
怖がるな私。さっき屋上で決心しただろ。
レーダーで察知したのか、遅れていくつかの砲塔がゆっくりと私の方へ向けられた。
海底深く身を潜めていたデイジーもこちらへ群がってくる。
けれどそのときにはもう私の準備は整っていた。
「ほら！　私はここだよ！　探してたんでしょう！　私がアドだ！」
体の真ん中が眩く発光する。
それと同時に黒いインクが広がるみたいに錆が体中を覆っていく。
私は、自分の体に決定的なヒビが入るのを感じた。
パキィィ
音がしてウルがくれた右腕が砕ける。
ああ、怖いな。痛い。寂しい。
みんなとお別れ、したくない。
でも——だけど。
「どうか最後までやらせて！　灼《や》けて壊れても構わないから」
空気が共鳴して震え、不思議な音を鳴らし始めた。

その音には音階と強弱がある。それは他のなににも似ていない旋律だった。

旋律がエルゥエル島とその周辺一帯に鳴り響く。

歌みたいに――響き渡る。

「これが私の歌……」

エネルギーが解放された。

私は自分の破片が青い炎に包まれて飛び散っていくのをはっきりと見た。

＊

私は波間を漂っている。

溢れ出しそうに波打つライムグリーンの海を。

周辺には無数の破片、残骸。

四肢も顔も砕け、千切れ、あるいは溶けて――もう失われている。

ひどい有様だけれど、気分は晴れやかだ。

あれだけいた帝国の艦隊はもう見えない。

みんな半壊、浸水しながら、ほうほうの体《てい》で逃げ出してしまった。

静かな海。

動くこともできず、波に弄ばれながら見上げた空には、力強いオナガリュウ達のシルエット。

巻き込まないですんでよかった。

コントロール、上手にできたんだ。

私、やったよ。やったんだよ。
もうそれだけで充分――。

○○年後──まだあどけないあなた

浜辺を歩いている。

歩いているのは私じゃない。

これは、ウルだ。

潮風に髪が乱されることも気に留めず、歩き続けている。


そんな彼女の姿を、私は少し離れた場所から見つめていた。

けれど不思議なことに見つめる私自身には肉体というものがなかった。

実像も、定まった立ち位置もない。ゆらめく霧みたいに意識が空間を漂っているだけ。誰にも触れられず、見えもせず、声もかけられない。


浜に流れ着いた破片、ネジ、爪、歯車──。

ウルはそういうものを見つけるたびに一つずつつまみ上げ、水ですすぎ、注意深く検《たしか》めていった。

時折間違えて小さな貝殻を拾い上げてしまうこともあった。

ウルが何をしようとしているのか、私には分からない。彼女にどんな事情があるのか。

けれど不思議と彼女の意思だけは分かった。

──どんなに小さな部品も見逃さない。

砂と水に足を埋めるウル。

ふいに彼女は足を止めて眩しそうに顔を上げる。

見つめる先の空。そこに一筋の美しい白煙が伸びていく。

地上から空へ、緩やかな弧が描かれる。

あれはロケットだ。

どこか遠く離れた別の島からロケットが打ち上げられたんだ。

ウルはしばらくの間、手を休めてその光景を見つめていた。

とてもきれいな瞳で。


浜辺での日課を終えると、ウルは拾い集めたものを持って家に帰った。

その時点で時刻はまだ午前七時前だ。

ウル、早起きは苦手だったのに。

そんな時刻だというのに、家の電話が鳴った。

ウルはワンコールで受話器を取る。


「おはよう。メイの出発でしょ？　うん、見てた。さっき浜辺で」

親しげに話す。その声のトーンだけで私は相手が誰だかすぐに分かった。

ラギだ。

「『本当に行っちゃった』って？　ラギ、冗談だと思ってたの？」

ほらね。

「私？　私は……どうだろ。メイが宇宙へ行くなんて、確かにあの頃はそんなに真面目には考えてなかったかも。でもこのエルゥエル島が独立して国になったあの日以来、どんなことも起こり得るって考えるようになったかも」

浜辺で足を止めていたウル。あれは親友の旅立ちを見届けていたんだ。

「でも、まさか人間とロイドが、共同開発したロケットで飛ぶ日が来るとまでは思わなかった。うん。本当にずいぶん時間がかかったけど、私達も彼らもここまできたのね」

と、そのあたりまではウルの言葉もどこか建前の色合いを残していたけれど、続く言葉はありのままの、丸裸の彼女の言葉のように聞こえた。

「メイ、夢を叶えたんだ。すごいね」

一瞬、会話が途切れて遠い潮騒だけが耳に残った。

「……え、ちょっとラギ、まさか泣いてるの？　また会えるってば」

『ロイドが泣くわけないでしょう。バカ』

受話器越しに響くラギの声は相変わらず澄んでいた。

怒鳴られるのを見越していたように受話器を耳から離していたウルは、優しく笑う。

「遅れてるねラギ。近頃じゃロイドも泣くのよ」

友達との電話を終えた後、ウルは拾った部品を持って地下に降りた。

地下室——以前はそんなものはなかったはず。

きっと私がいなくなった後で造ったんだ。

興味を惹かれて私の意識も彼女の後を追う。

地下室にはたくさんの工具が並んでいて、壁はコンクリートの打ちっぱなし。飾り気というものがない。

天井からは用途の分からない錆びた鎖と裸電球がぶら下がっている。


そして部屋の中央には手術台のようなベッドが一台。

そこに誰かがうつぶせに寝かされている。

その誰かに向けてウルが「ただいま」と声をかける。

けれど相手からは一切の反応がない。

それもそのはず。その誰かには顔がなかった。かろうじて手足は揃っているけれど、よく見ると肘や指先など、部分部分も欠損している。

そんな未完成品の誰かの背中を優しく撫でながら、ウルが言う。

「ほら、今日の収穫は上々だったよ。きっとこの中にアンタの欠片も混ざってるはず。もうすぐだからね。きっと」

私はウルの肩越しに動かないその背中を覗き込んだ。

その背中には消えかけた文字でこう刻印されていた。

A.D.O ⧄⧄⧄

「どんなに時間がかかっても絶対元通りにするからね」

ウルがかつての私の崩れた手に触れる。

「いつか戻ってきたときに居場所《ボディ》がないと困るでしょ？　アド」

しばらくの間、誰もジャマしない時間がそこに流れた。

けれどとうとう運命が痺《しび》れを切らしたとでもいうみたいに、突然上階でガシャーンと大きな音がした。


物音に驚いたウルが早足で上に戻ると、キッチンに私の知らない女の子が立っていた。

女の子は足元に散らばった皿の破片を前に苦笑いを浮かべている。

それを見てウルは壁に寄りかかり、眉間《みけん》に皺《しわ》を寄せた。

「睨まないでウル！　急いで朝ご飯用意しようとしたの！」

違う。私はその子のことを知っている。

よく、知っている。

姿も話し方もずいぶん違っているけれど、表情の作り方で分かった。

「レシピにそう書いてあったの？　まずはお皿を割りますって？」

「そ、そもそも今日はウルの当番のはずでしょ！」

「今から作るところだったのよ」

「遅い！　今日は早めに一緒に家を出てこっちの仕事を手伝ってくれるって約束だったでしょ」

「あ……そうだっけ？」

「やっぱり忘れてたっ」

「ごめんね。それじゃ急ごう。お皿は後。ワインダー、目玉焼きお願い。数は――」

「二個ずつ、でしょ?」

すっかり成長したワインダーはテキパキと卵を割っていく。

その様子を盗み見てウルが微笑む。

「だいぶ慣れたね。私がプレゼントした新しい体。それだけ動かせるってことは、かなりしっくりきてるってことね」

言われたワインダーも軽く肩をすぼめてみせる。

「まだちょっとこそばゆいけどね。ありがと」

「でもちょっと惜しいことしたかな。ついこないだまでは生まれたての猫みたいに可愛らしかったのに」

「いつまでもワインダーⅡだったあの頃のままだと思わないでね」

「ふーん。その割に私に背中のネジを巻いてもらうときはまだまだ子供みたいだけど」

「それは外では言わないでね」

「せっかく武器が内蔵されてない新しい体に乗り換えるんだから、ネジも巻かなくてもいいようにしてあげるって言ったのに、そのままでいいって言って聞かないんだから」

「いいの。ワインダーはまだもう少し巻かれていたいの」

「大人になりたいって駄々をこねるから何年もかけてその体を用意してあげたのに……ま、いいんだけど」

週に一度ウルに背中のネジを巻いてもらう。それがワインダーの幸せらしい。

＊

朝食を終えて着替えた二人は、仕事道具を抱えて家を出る。

表ではまだ少しだけ冷える朝の空気が陽の光を反射させていた。

「そうそう、メイが無事に宇宙へ行ったみたい」

「うん！　ワインダーも部屋の窓から見てた！　ロケット！　半分……寝てたけど」

「一応起きてただけ上出来」

「見送りできなくてオドは残念だったね」

「チャンピオンになれるかどうかの大切な試合の日だもの。仕方ないわ」

「ロイドボクシングの世界タイトルに挑戦するんだよね。すごいなあ」

「今頃は遠い国で大きな会場に向かってる頃かもね。中継、電波を盗めば島でも見れるかも」

「見たい見たい！　オドなら今日の試合も絶対勝つよ」

「そうだね。で、ワインダーさん。本日の仕事はどこだっけ？」

「えっとですね、博物館の屋上です」

「……それってまさかラギからの？」

「そう。ぜひお願いって。私も前々からやりたかったんだ。あそこ、殺風景なんだもん」

「今更だけど」

「なに？」

「まさかワインダーが引き継ぐとは思わなかった。どうしてアンタにその力が宿ったのかな」

「んー、分かんない。昔一度だけリンクしたとき、アドからなにかもらったのかも」

「なにを？」

「……なんて言うんだっけ？　えっと、こないだ本で読んだ……うー…………」

「魂、とか？」

「たぶんそれ」

ふいにそれまで息を潜めていた風がさっと吹いた。


そのときになって、私はそのあたり一帯に、いや島全体に立ち込めていた花の香りに気づいた。

私は慌てて二人の頭上を飛び越え、島の上空まで一気に上昇した。

家の屋根も、初めてウルと出会ったあの見張り台も越えてぐんぐん昇る。

そして私は眼下に広がる景色を見た。

広がるパノラマ。

懐かしきエルゥエル島の風景。

石畳、少年野球の子供達が住む青いマンション、今やほとんど海中に沈みかけている古い校舎。

それから遠くに見えるあれはラギの住まいだ。

あ。

ああ――。

その屋上――そこに見事な庭園が広がっていた。

庭園には色とりどりの花々が咲きそろっていて、今にも屋上からこぼれ落ちそうなほどだ。

でも——庭園はそれ一つじゃなかった。

この丘から見える建物、そのほとんどの屋上に同じような庭園が広がっていた。

温室が立ち、蔦《つた》が伸び、水路が巡り、花が咲き乱れている。

あっちにもこっちにも。

数えきれない。

まるで花束だ。

今日の仕事が待ちきれないと言うように、道を駆け出すワインダー。

彼女は歌う。

私達の誰も知らない新しい歌を。

その歌に背を押されながら、私の意識はそこからさらにもっとずっと高いところへ押し上げられていった。

高く高く。

大空に開いた穴の向こうまで——。

エピローグ――まるで永遠のあくる日、あるいは前日

海

「う…………ん……」

ぼんやりとした意識がだんだん定まっていく。

頬に当たる床の感触。

いつの間にか眠ってしまっていたらしい。

しかも絶望的にヘンな体勢で。体のあちこちが痛い。

「んー……あれ……私、寝て……だっ⁉」

体を起こした瞬間、後頭部に鋭い痛みが走った。

「ぐひぃ……！」

その場でしばらく悶え苦しむ。

ぶつけた。頭部を机の角に。

その衝撃で頭の中からなにか大事なものがこぼれ落ちてしまったような気がする。

なんだろう。

なにかとっても長くて終わらないはずの夢を見ていたような気がする。

「なんだっけ……よく思い出せないけど……」

博物館
歯車
花溢れる庭園
トモダチ

夢――夢だよね？

でも、夢なら何度も見たことあるけど……なんとなくそういうのとは違っていたような。

なんか、手触りとか匂いまで残ってるというか。

「うー………は！　待って今何時⁉　待って待って！」

眩しさに顔をしかめながらスマホを確かめる。

「ぎゃ！　二時間も経ってる！　しまった！　録音！　今日中にすませないと投稿できないのに！」

私と一緒ですっかりスリープモードに入っていたパソコンの画面に取り縋《すが》る。

絶対に今日の夜に投稿するんだと心に決めていたのに、なぜ眠気に負けてしまったのか。

いや、あれだ。ギリギリになって気に入らない箇所が出てきたから、結局一から歌を録《と》り直してたんだっけ。つまり自分が悪い。

「ああ……どうしようどうしようどうしましょ！　間に合う？　どうなの⁉」

いつもの如《ごと》く、自分を律してコントロールすることが苦手な私は大量の独り言を吐きながらパニックに陥った。

録音ブース代わりに使っている狭いクローゼットの中で慌てふためく。

「明日にする？　明日じゃダメだ！　今！　今やるの！　決めただろ私！」

寝ぼけ眼《まなこ》を擦り、マイクを摑む。

やる。やるぞ。

初めての『歌ってみた』動画、たくさんの人に聴いてもらうんだ。

もしかしてこれがきっかけで人気者になっちゃったりして。いひひ。

いや、そううまくいくはずもないことは百も承知だけれど。

でもやるんだ。

このクローゼットは世界中のどこにだってつながっていくはず。

絶対、絶対みんなに届くはず……はず……。

「あ、ダメだ……ちょっと酸欠気味」

ずっとクローゼットの中にいたからか、少し頭がボーッとする。

私はドアを開けて床に手を突きながら外へ出た。

そのままドベーッと床に寝そべる。

あまり片づいているとは言い難いけれど、ささやかで心安らぐ私の部屋だ。

と――思いがけず季節の匂いを感じた。

「あー、窓……閉め忘れてたー」

その開けっ放しの窓のサッシの上に一羽の鳥がとまっていた。

手のひらに乗りそうなサイズの青い鳥。羽を休めているんだろうか。

「……なんて名前だっけ？」

昔学校の図書室の図鑑で見た覚えがあるのに思い出せない。

名前を思い出せないその鳥は、私が窓辺に近寄るとひと鳴きもせず飛び去ってしまった。

思わず目で追った先には——雲一つない寡黙な一月一〇日の少し前の空が広がっていた。

誰かが丹精込めて世話でもしたみたいによくできた空だ。

こんなふうに遠くの空までよく見える日は、〝哀しいおもちゃ箱〟を開けたような気持ちになる。

これは昔からふとした瞬間によぎる思いだ。

でも——。

なぜだか今日は続きが思いついた。

「でも、開けられもしない箱よりはずっとマシだよね」

夕まぐれの冷たい風が腫《は》れぼったい瞼《まぶた》を撫でていく。

揺れる前髪をかき上げようとして、私はようやく自分がずっと左手になにかを握りしめていることに気づいた。

「え？」

覚えのない感触。

「なんだろこれ…………あ！」

よく見ようとそれを指先でつまもうとしたのがいけなかった。

小さなそれは私の指をすり抜けてしまった。しかも不運なことにこぼれ落ちた先は窓の外だ。

「わったた！」

咄嗟に窓から身を乗り出し、右手を伸ばして空中でそれをキャッチする。

「危なー…………」

本当に危ういところだった。

心臓が、心がドキドキ動いている。

…………あれ？

「これって……」

そのままの姿勢で、私は自分が摑んだものをまじまじと見つめた。

それは鈍色《にびいろ》の小さな歯車だった。

歯車が一つ。何かと嚙み合って回りだすのを待っているみたいに、一つきり。

十円玉よりも小さくて、色は角度によっては虹色にも見える。

「私、なんでこんなものを……」

こんなアクセサリー、持ってたっけ？

それともいつぞやの家族旅行で買ったお土産？

いや、まるっきり見覚えのないものだ。

どうして私はこんなものを手が痛くなるほど握りしめたりしていたんだろう。

そんなことを考えているうちに――雨が降りだした。

雨？

おかしい。空に雲はなかったはずなのに――。

思ってから、それが自分の涙であるらしいことに気づく。

「あれ？　なんで？」

ヘンだ。

悲しくもないのに。

涙はまっすぐ地面に向かって落下する。

私の中にいる誰かが私に尋ねてくる。

——猫の脚の本数は？　私が誰か分かる？

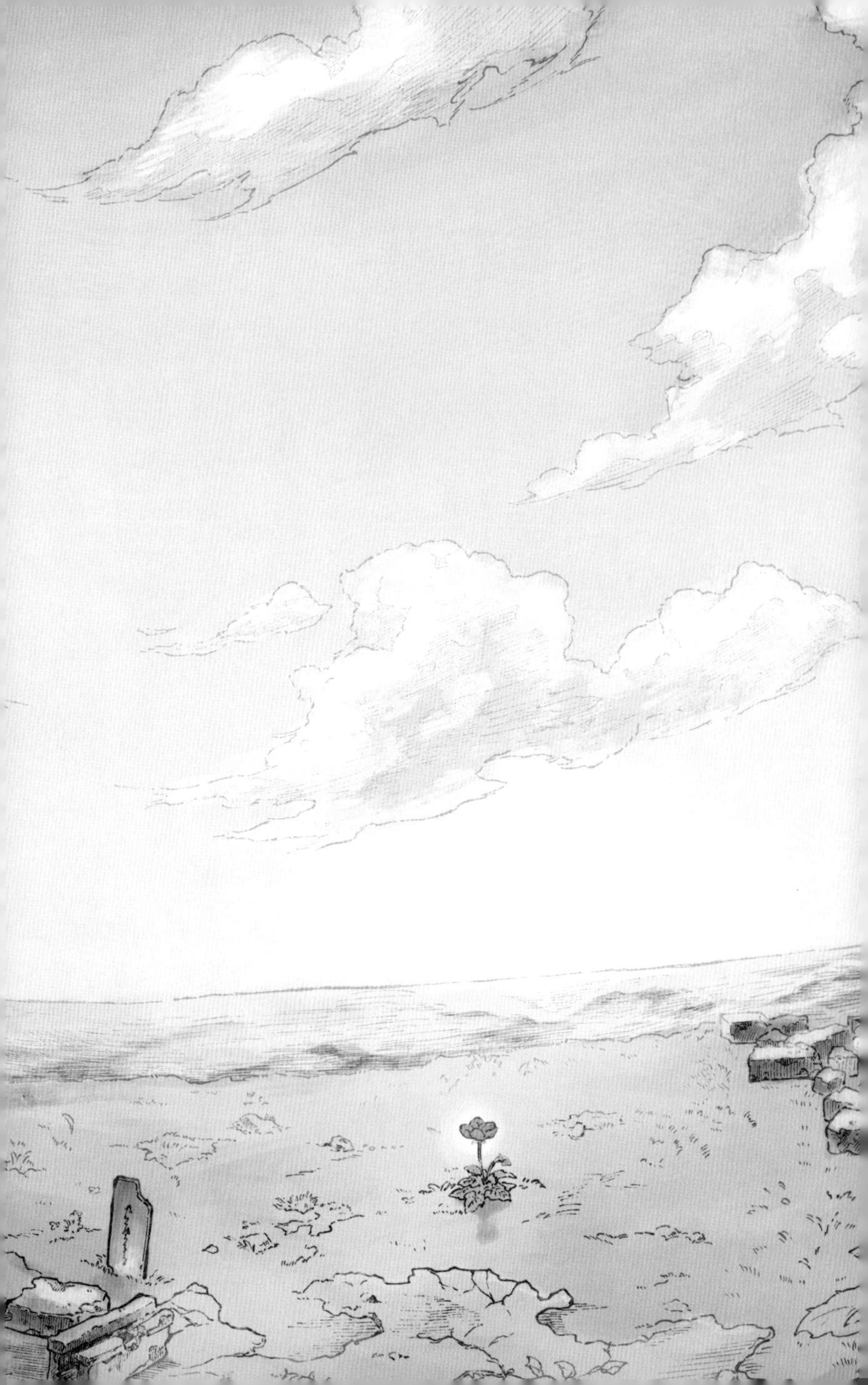

デザイン　川谷デザイン
校正　麦秋アートセンター
DTP　G-clef
編集　間有希

著　てにをは

作家・ミュージシャン。Adoの「ギラギラ」「永遠のあくる日」を作曲。
小説『また殺されてしまったのですね、探偵様』（KADOKAWA）シリーズなど
人気作も多数。

画　宇佐崎しろ（うさざき・しろ）

漫画家・イラストレータ。「週刊少年ジャンプ（集英社）
『阿佐ヶ谷芸術高校映像科へようこそ』」で作画デビュー。
「週刊少年ジャンプ」を中心に活動中。

出演　アド

アドロイド

1101023122421442 7

2024年4月19日　初版発行

著　てにをは

画　宇《う》佐《さ》崎《ざき》しろ

出演　アド

発行者　山下直久

発行　株式会社KADOKAWA

〒102-8177 東京都千代田区富士見2-13-3
電話 0570-002-301（ナビダイヤル）

印刷所　TOPPAN株式会社

製本所　TOPPAN株式会社

ISBN978-4-04-897661-9 C0093